ニュー・サバービア　波木銅　太田出版

目次

ニュー・サバービア

（萩由宇《はぎゆう》『ニュー・サバービア』より抜粋）

——事実に基づく

ベストセラー小説の書き方

私が作家として活動するにあたって、十代のころの経験から多くのインスピレーションを受けている。諸事情により本文においては名を伏せたが、私の出自はあの、例の事故によって地図から姿を消した小さな町にある。

アマチュアとして新人賞用の小説を出版社に送っていたときも、仕事として原稿を定期的に担当編集に送る立場になってからも、私は常に執筆に行き詰まってきた。そういうとき、私はいつも文章技法や創作術についての書籍に頼ることにしている。とくに心の拠り所にしているのは、クーンツの『ベストセラー小説の書き方』という本だ。これは、小説を書きはじめたときに友人から譲り受けたものだ。ギラギラで派手派手しい虹色の表紙を眺めているとなんだか落ち着く。古い本だが書かれていることは現在でも通用すると思うし、なにより、記憶の連想により当時のギラついた初期衝動みたいなものを思い出せる。

私の書くものが「ベストセラー」になったことはないが。

猫のゆりかご

当連載は印象深い書籍とともに思い出を回想する企画としてはじまったものだ。今回取り上げるのはヴォネガットの『猫のゆりかご』だ。十代のころに手に取ったそれによって、ＳＦに疎《うと》かった私は一気にその世界に引き込まれた。

作中で世界は化学兵器アイス・ナインによって凍りつく。改めて読み返すと、その様子は私の故郷の様子にもよく似ている。

終盤で、ヴォネガットはこんなやりとりを書いた。

「詩人が言ってるでしょう、ママ、〝廿日鼠と人間の言葉はかずかずあるなかで、もっとも悲しむべきは、「だったはずなのに」〟」

「美しい言葉、ほんとにそのとおりだわ」

田舎の国道沿いはどこも似通った風景である、と言われることがある。自分の地元もそんな感じだったから、非常によくわかる。パチンコ屋と駐車場のほかに、ぽつぽつと存在するチェーン店の看板だけが殺風景な道沿いを彩る。テキサスを舞台にしたロードムービーの傑作に『パリ、テキサス』があるが、それを初めて観たとき、作中に映るテキサスの風景が、いま住んでいる町にかなり似ていることに驚いた。田舎ってマジでどこも一緒なのかよ！　と、情緒あふれるマジックミラーごしのクライマックスそっちのけに、そう思った。

ここらにあるものといったら原発くらいのものだ。私の生まれた町にはそれがあった。

ここらへんに住んでいる子どもは、小学生のころ遠足でそこに連れていかれる。発電所そばには原子力をテーマにした科学館がある。湯を沸かしてタービンを回すだけのその仕掛けが、いかに安全かつ経済的で、環境に優しいかを教わり、作文を書く。原子力発電はクリーンで未来のエネルギーだから、有害な放射線を撒き散らしたり爆発したりして何百人も殺したりはしない。

私はただふたりの友人たちと、デパートのフードコートでくすぶっていた。そのうちのひとりである馬車道《ばしゃみち》ハタリは、私と同じく作家を志して小説を書いていた。

どんな会話をしていたかはあまり覚えていないが、なにやら将来について語っていた気がする。

「ひとつ明らかなのは、こんな町に住み続けちゃダメだってことだ。この町にいる大人を見てみろ、みんな終わってるだろ。知識も知性もないからな。私は、ひとつでも多くを知ってから死にたい……」

熱の入った馬車道は椅子から立ち上がった。

「ああいう、人生になんの楽しさも目標も見出していないような奴になるわけにはいかない！　見ろ、人間の顔をしていない」

重たそうに腰を曲げ、商品を陳列している店員に指を向ける。

「ん、あれ、ぼくの姉ちゃん……」

「こんな店で働くような奴を姉に持つな！」

馬車道はめちゃくちゃなことを言った。もうひとりのほうのハスミンはニコニコしている。

店内BGMの、ビートルズの『ヘルプ！』のシンセアレンジが反響する。馬車道は咳払いしながらふたたび椅子に座った。

「とまぁ、そういうことよ。殺しゃええねん。それでええねん。全員ぶっ殺しゃええねん」

「なるほどねぇ」

馬車道はふいに全部どうでもよくなったらしく、適当に話を切り上げた。

ハスミンははじめからそんなに興味なかったらしい。

「まぁね。ちょっとふざけたけどさ。あの……ヴォネガットのさ、『猫のゆりかご』でさ。もっとも悲しい言葉は、『だったはずなのに』だ、ってことが書いてあるだろ。そういうことかな。『だったはずなのに』って思いながら死んでいくのがヤだ。こいつなんかはどうせすぐに骸骨みたいな老いぼれになって後悔しながら死んでいくだろうけど」

馬車道は言いざま私に指をさす。そして言葉を続ける。

「私はそういうのは嫌なんだ。書店の本棚を見て、あのときもっと努力してれば、あそこに並んでる本のうちの一冊は私のものだったはずなのに、って思うような真似だけはしたくない」

だったはずなのに。ふと真剣な顔つきを取り戻した馬車道の言葉を、私は内心で繰り返す。それは確かにそうだ。彼女はSFに詳しくなかった私にヴォネガットの作品群をいろいろ貸してくれた。どれもとても印象に残っているけれど、今でもいちばん好きなのは『猫のゆりかご』だ。

「ハタリ、いろんなこと考えてるんだねぇ。ぼく、ぜんぜん本読まないからなぁ。読んで理解できるの漫画くらいだよ。『HUNTER×HUNTER』とかね」

ハスミンは謙遜なのかそうじゃないのか、よくわからない反応をする。

「最近のハンターハンターを読んで内容理解できてるなら、十分じゃないかな……」

ハスミンはめったに本を読んだりしないものの、いつも私たちの話に楽しげに耳を傾けてくれた。あだ名が『悪の教典』に出てくるめちゃくちゃ人を殺す教師と同じだが、たまたまだ。

「よし」

ふと、馬車道が息を吐いた。キーボードをタイプする手が止まる。小説を書き終えたようだった。彼女はいまの会話の間もずっとノートパソコンで文章を打ち込んでいた。

「完成したの?」

私は彼女のパソコンの画面を覗き込もうとし、眼球を指で突かれそうになる。

「推敲してから読ませてやる」

私は彼女の小説を読むのが好きだった。少なくとも当時は馬車道の書くものが活字になって書店に並んでいる様子も、想像に容易かった。

成果を出せないままくすぶっていると、ふいにこのときのことを思い出す。ただ、実際には作家になるまでより、なってからのほうが何十倍も大変だ。私はこのまま、作家としてやっていけるのだろうか……。だったはずなのに、とは思いたくない。

彼女はその原稿に目を通した。

面白みはないが、ここまでは順当な連載だった。今思えば、と彼女は後悔する。ここで読むのをやめておけば、こんなことにはならなかったのに。

善人はなかなかいない

フラナリー・オコナーの短編『善人はなかなかいない』。タイトルがとても好きだ。私の住んでいた街に善人はほとんどいなかったし、いわんや私もそうではない。

私はいつも逃げ回っていた。比喩的な意味でも、そのままの意味でも。一度だけ、警官に追われたことがある。べつに犯罪をしていたわけではないが、ちょっとした事情があったのだ。

十六か十七のときだ。

視界の先が白い光に照らされた。思わず目を細める。自転車に乗った巡回中の警官が、こっちにやってきているのだとわかる。私はばつの悪い思いをした。普段はべつに後ろ暗いことなんてないから、警官に声をかけられようがかまわない。だが今日だけは話が別だ。背中のリュックサックの中身を知られるわけにはいかなかった。ここでは詳細を省くが、とにかく、あんまり公にはしたくないものを持ち歩いていたのだった。このことについては、連載のあとのほうでじっくりと語ろうと思う。

こちらに近づいてきた警官は慣れ慣れしい口調で話しかけてきた。最近いろいろあるから、いちおうね……。案の定、警官はそう言いつつ私に持ち物を開示するように求めてくる。歯切れ悪く返事をしつつ、この場をどう切り抜けようか、模索する。

「爆弾とかドラッグとか、なんも入ってないですよ」

私は笑いながら答えた。あえて軽薄なことを言うことにより、警戒を解かせようとした。

逆効果だった。警官は私の言葉にむっとし、咳払いをしてからより強い口調で荷物を取り上げようとする。まだ直接手を出してはこないが、時間の問題だ。相手が誰であろうと、リュックの中身を見られたら困る（明言しておくが、違法なものを持ち運んでいたわけではない）。

切羽詰まった私は、その場から逃げ出そうとした。

足がもつれて、右足が左足に引っかかる。アスファルトの地面に勢いよく倒れ込んだ。陸上部の練習にもっとちゃんと行っておけばよかった……なんて後悔に駆られている余裕もない。警官は慌てて立ち上がった私の背中のリュックの持ち手を摑む。


もがく気力もなく、私は青春の終焉を覚悟した。

その束の間、車輪の回転する音を耳にした。シャーッとホイールが回転し、タイヤがアスファルトを踏む音。

「よっ」

振り返る。一瞬、警官が怯《ひる》んだ。赤い自転車に乗った馬車道が現れた。どこからともなくやってきた彼女は、サコッシュの中からなにかを取り出し、私たちに向かって勢いよく投げ込んだ。とっさに目を閉じる。警官は短いうめき声をあげたらしい。

恐る恐る目を開ける。警官は私から手を離し、うずくまっている。彼の足元には未開封のペットボトルが転がっている。おそらく、馬車道はそれを彼の顔に向かって投げつけたのだろう。公務執行妨害！

「乗れ！」

馬車道は自転車のサドルにまたがりつつ、私に向かって叫ぶ。馬車道は単なる移動手段としてだけでなく、趣味として自転車を乗り回していた。彼女が乗っている赤いフレームのそれも、既製品ではなく独自にパーツを組み上げたものらしい。よくわからないけど、みんなが通学に使うカゴ付きのママチャリじゃなくて、それよりもずっと洗練されたデザインだ。

「え？」

突然の事態に、私は対応が遅れる。

「はやく！」

彼女は自分のうしろを指さした。でも、ママチャリじゃないから荷台もついていない。どこにまたがればいいのだろうか。

「ど、どこに？」

しばらく馬車道は沈黙した。

「……じゃあ自分で走れ！　行け！」

それだけ吐き捨て、馬車道はペダルを蹴って去っていった。その初速はすさまじく、すぐに彼女の後ろ姿は見えなくなる。

「そんなのアリ～？」

しのごの言ってられないのも事実だ。私は警官が体勢を持ち直すより先に、その場から懸命に逃げ去った。しきりに腕を振って、つま先でアスファルトを蹴る。人生でいちばん真剣に走り続けたと思う。こうして私は無事に駅まで辿り着き、警官から逃げおおせることができた。

実のところ、全速力で走るという感覚は嫌いではなかった。脚の疲労や吐きそうになるような喉の渇き、心臓の鼓動。案外悪くない。リュックの中身も無事だ。いつものように、不思議そうにこちらを見上げている。

嫌われる勇気

当時の友人だった馬車道とハスミンとは別の高校に通っていた。どこで出会ったのかはあまり覚えていない。ほとんど偶然のようなもので、べつに劇的な感じではないと思う。

それほど充実した生活は送っていなかったけれど、所属していた部活がマジでぬるかったのは不幸中の幸いだった。顧問はほとんど見に来ないし、ちょっとグラウンドが雨でぬかっているだけで練習が中止になる。

私が在籍していたころの部長は、そんな体制をどうにか変えようとしていた。彼は当時流行していた、アドラー心理学を扱う『嫌われる勇気』にめちゃくちゃ影響を受けていた。大ヒットしてる啓発本なら、どんなに田舎の書店でも手に入る。

部長はゆるい雰囲気で済んでいた部活に活を入れようと、システムの抜本的な改革を試みていた。きちんとした練習メニューとコーチによる指導を導入して、まともな運動部の体裁を取り戻そうと画策した。雨が降っているのに練習をするだって？　信じられない！　当然部員から大顰蹙《だいひんしゅく》を買い、その改革は失敗に終わった。

「時には嫌われる勇気が必要なんだ。こんなことして、みんなが嫌がるのはわかる。正直、俺だって嫌だ。でも、誰かが変えなくちゃ、嫌われなきゃいけない」

彼は、アドラー心理学というより『嫌われる勇気』というフレーズそのものがお気に入りだった。

なにかを変えようとする意思そのものは尊重すべきだし、少数派の立場で戦っている彼の肩を持つべきだった。でも、練習量が増えるのはあまりに嫌すぎた。好きなときにサボれて、普段も適当にボーッとしてれば練習時間が終わる今の体制を手放したくなかった……。

システムの抜本的な改革をしようとしている部長のもとからは、ひとりまたひとりと人が離れていき、しまいには孤立してしまった。少数派を迫害して隅に追いやる、典型的な田舎のコミュニティだ！　ゲェ！　自動的に、彼の唯一の話し相手は私になった。部内にほかに友達がいない者どうし、消去法の人間関係だ。

「なぁー。ジュース奢ってやるから、一緒に帰ろうぜ」

部長とは帰路が同じだ。断る理由はないから、それに頷くことにする。道中の自販機で飲み物を買ってもらいつつ、私たちは横に並んで歩きはじめる。あんまり共通の話題が思いつかない。ふたりとも押し黙ったまま、セカセカと歩みを進める。本当に「一緒に帰る」だけだ。なにを話せばいいんだろう。『嫌われる勇気』読んでないしなぁ。

しばらく歩き、高校からだいぶ離れてから突然部長は表情を崩した。

いきなり機嫌を損ねた幼児のように、耳を赤くして啜り泣きはじめた。

「先輩？　だいじょうぶですか」

とっさに彼の肩を支えようとするが、突き出された腕に阻まれてしまう。部長はその場にうずくまり、ズボンが汚れるのも厭《いと》わずにその場に膝をついた。

そこらを歩いていた生徒たちが、彼に奇異なものを見る視線を向ける。

私は慌てた。ど、どうしよう。まさか彼が、ここまで追い詰められていたなんて。どうして味方になってやれなかったんだ！　どうせ自分に、そのことで失うものなんてなにもなかったのに。

ひとしきり泣いたのち、部長は涙を拭って立ち上がった。その様子をずっと眺めていた。いままで沈黙していてごめんなさい、とはっきり謝ろうと思う。

「俺なぁ、実は今、すっげぇ苦しいんだ」

彼はそう言った。私の手元から飲みかけのドリンクを奪い取り、飲み干した。

これまでなにもできなくてごめんなさい、と言おうとする。私が口を開くよりも先に、彼は言葉を続けた。あのな……。私は黙って頷いた。

「昨日の夜、尻の毛を剃ろうとしたんだ。俺、けっこうすぐ毛深くなっちゃってさ。それでそのとき、剃刀で深く切っちゃって。風呂場じゅう血だらけだ。……今もなにもしてなくても張り裂けるように痛い。椅子にも座れないし、走るなんてもってのほかで」

「……それは気の毒に」

物理的な痛みの話かよ。つーか、そういう話を平然とされるの、フツーに不快なんですけど……。呆気に取られたが、それはそれとして、想像するだけで身の毛もよだつ痛みだ。肉体の中でも、とくにデリケートな部分が……。なにか気休めを言おうとするが、いい言い回しが思いつかない。

「どうすりゃいいんだろう。俺」

部長としてのふるまいの話じゃないんですね、と口を挟みたくなったが、思いとどまった。でも、どういう言葉をかければいいんだろう。私は他人の痛みに鈍感だ！

「……あれだ。先輩の好きなアドラー心理学ですよ。そこになにか答えが」

出てきた言葉があまりにも頭空っぽすぎる。さすがに怒られるかもな、と怯《おび》える。

うん、と部長は頷いた。

「確かにな。アドラー心理学は過去に原因を求めない。未来にどうするか、を重要視する考え方なんだ」

「なるほど。そうですよね」

「でもさぁ。痛ぇもんは痛ぇよ。パンツも血だらけになって、ズボンにまで染みてくるしさ、誰にも相談なんてできないしさぁ」

「ワセリンとか塗って……」

「もう塗ったよ！　絆創膏も貼った！　でも、ぜんぜん傷が塞がんねぇんだよ。痛いもんは痛ぇんだよ。アドラー」

　部長は怒鳴った。

「ごっ。ごめんなさい」

「女子って、毎月こんな気分なの？　股から血が出て、最悪な気分になってさ」

「そうかもしれませんね」

たぶんそんなもんじゃないとは思うけど、ここで火に油を注ぎたくはなかった。しばらく泣きべそをかいてから落ち着きを取り戻した部長とともに、ふたたび歩き出す。

「でも正直、最近の部活のことで悩んでるのかと思ってました」

　ふと、口にしてみることにする。なんだか、もうそれを口にしても大丈夫な雰囲気になっていると思った。あんなことをわざわざ自分に打ち明けてくれた以上、こちらも本心で語ることが礼儀じゃないかな。

「あー。それは全然。なんとも思ってないよ」

「そうなんですか？」

部長の方針に賛成していない私にとっても、彼に向けられる部員たちの陰口は不快に感じられた。共通の敵を作り出してみんなで憎悪するような集団は気分が悪い。

「あいつら全員バカでしょ。俺はなんも間違ってないから。バカを躾けてやるのも骨が折れるよな。まぁ、間違いは俺が正してやらないといけねぇから」

「ああ、そうですか……」

「あ、でもお前のことはバカだとは思ってないよ。お前は俺に逆らわないからな」

嫌われる勇気が有り余っている……。

「そうだ、お前さ、映画とか好きだろ？」

部長の言葉に、ええまぁ、と曖昧に答える。別に彼と映画の話をしたことはない。

「クラスのやつにチケット貰ったんだけど、俺興味ねぇから。お前にやるよ」

部長はブレザーのポケットから財布を取り出した。そのとき尻に痛みを感じたのか、顔をゆがませた。くしゃくしゃに折り畳まれた二枚の前売り券を手渡してくる。

「いいんですか？　どうも」

どんな映画であれ、タダで観られるんなら。映画を観て帰ってくるだけでかなりの出費を強いられるわけだからありがたい。どんなタイトルなのか、印刷面に目を落としてみる。

期待に満ちていた気分が一瞬でしぼむ。なんかひと昔前の妙なセンスをしたビジュアルのそれには見覚えがあった。なぜかたびたびシネコンでかかっている、新興宗教団体が制作しているワケわかんない映画だ。あまり全国的に名の知れた団体ではないが、この地域ではその名前をちょくちょく耳にする。

「ちょっと面白そうだろ？　俺は興味ないけど」

「カルトの映画じゃないですか」

もしかして、嫌がらせされてる？　彼の顔をちらりと一瞥する。悪意は感じられない。

「お前らこういうの好きなんじゃないの？　カルト映画」

「カルト映画ってこういうことじゃないですよ！　どっからどう見ても、マトモな映画じゃないでしょ」

「でもお前らって、見るからにダメな映画をわざと観て面白がったりすんじゃん」

「むう……」

単につまんないだけじゃなくて、うかつにこういうのを観に行くと本当に嫌な目に遭うんじゃないかな。変なセミナーに無理矢理誘われたりとかさ……。

「まぁ二枚あるから。誰かデートにでも誘って一緒に行ったら？　あと感想だけ聞かせてくれな。ホントは俺が観に行って感想言わなきゃいけないんだけど、そんなの嫌だろ？」

「はぁ。もしですけど、断ったらどうなります？」

「痛みを味わうことになる。これ、実はほかの奴から回ってきたやつなんだよね。そいつがこのチケットを受け取って、五千円で俺に押し付けてきた。だからホントは俺が観てそいつに感想を伝えなきゃいけねーんだ。そいつが感想を言うために」

こうして呪いが拡散していくのか……。私は沈んだ気持ちになる。

「貞子のビデオみたいっすね。その、要するに、まずこのチケットを配ってる奴がいて、そいつにチケットを渡された奴がいて、そいつが先輩に横流しして」

「そういうことだ。そいつ、ぜんぶ配らないと親にぶん殴られるらしいからさ。協力してやってよ」

「わざわざそんな回りくどいことしなくても、観たフリして、適当に内容をネットで調べて感想でっち上げればいいじゃないですか」

部長はかぶりを振った。

「いや。そういうのはバレてしまう。前にそれをやって、酷い目に遭った奴がいる」

「ろくでもないですねぇ……」

そもそもこんな映画がただでさえ枠の少ないこのエリアのシネコンでかかるのはなぜか。このカルトは私たちの住む地域に密接に関わっていて、町の政治にもかなり食い込んでいるから、という話を耳にしたことがある。陰謀論の類を出ない話だとは思うけど……。まぁ原発もカルトみてぇなもんだしな！　アハハ！

「とにかく。今週末とか暇だろ？　どうせ真面目に練習してねぇんだから。頼むよ。ジュース奢ってやっただろ？」

「わかりましたよ……」

まぁ、適当にどうにかやり過ごそう。尻の痛みに悶えながら電車に乗っていく部長を見送りつつ、私は深いため息をついた。

わたしを離さないで

前回に引き続き、私の町に存在していた奇妙な集団の話をしようと思う。

「お前はマジでクズだ。死んでくれ。人間じゃない。下痢便にたかるウジ虫にも劣る最悪の生物だ。二度と話しかけんな。マジで死んでくれ。つーか、死ね！ここで殺してやろうか。お前の家族も殺してやる。そういうことだけはしないって信じてたんだけどなー。マジで勘弁してくれ。カスにもほどがある」

ファミレスでとうとう訳を説明し、私が部長に押し付けられたチケットを取り出すや否や、馬車道は激昂して早口で捲し立てた。あらゆる語彙を駆使して私を罵倒する。こんなことになるんじゃないかと薄々思っていたが、案の定、こうなった。

「行こ、ハスミン。こいつと一緒にいるとバカが感染《うつ》るよ。……いや違うな。お前がどっか行けよ。汚ねぇツラを二度と私たちに見せるな」

馬車道は一瞬椅子から立ち上がり、すぐに座り直した。私に向かって手を払いのけるジェスチャーをする。思いの外ブチ切れた馬車道に、ハスミンはびっくりしている。自分が非難されたわけでもないのに涙目になっている。

「いや、ほんとごめん。そんなつもりじゃ……」

私と馬車道は曲がりなりにも作家志望だ。リスクがあるし正しくないこととはいえ、こういったシチュエーションにあえて飛び込むことによって、持ち帰れるものがあるんじゃないか……というのが私の弁だった。

「小馬鹿にしながら観たら案外面白いかもしれないし」

「カルトを面白がった結果、どうなったか知ってるか？　地下鉄にサリンが撒かれて、何千人もの人が苦しんだ」

そんなことを持ち出されては、なにも言えない。

「でも、観て感想を伝えないと……」

馬車道は私の手元からチケットを奪い取った。そしてそれを握りつぶし、口の中に放り込んだ。ぐしゃぐしゃとヤギみたいに咀嚼したのち、足元にぺっと吐き出した。

　そして、にやりと笑う。

　ハスミンは絶句している。

「お前がこの流れに乗ったらこの連鎖は止まらない。こんなものを観に行ったら映画の文化も死ぬぞ。お前がせき止めろ。そのほうがよっぽど作家としてふさわしい。この呪いをかき消すのがお前の役目だ！」

　店員がピザを運んでくる。馬車道はそれにピザカッターを引き、円をふたつに割った。そのうちの半分を丸めて噛みちぎる。お前に食わせるピザはない、とでも言いたげだ。

「馬車道……」

　彼女の足元に目をやる。唾液と歯形でぐちゃぐちゃになったチケットがみじめに転がっている。確かにそれを見ていると、こんなものに怯えていた自分が情けなくなった。

「トイレ行ってくる」

　馬車道はそう言って席を立った。ハスミンとふたりきりになって、彼と目を合わせる。

「さっきのハタリ、MOROHAみたいだったね」

ハスミンが苦笑を浮かべながら耳打ちしてくる。

「MOROHAって親を殺すぞとか言うの？」

言うかも。

「まーハタリもどうかと思うけどさ。ぼくも、それはさすがにダメだと思うよ。そんなことしてほしくない」

「だよね。ごめん……」

「この映画の宗教さ、うちの親戚もハマってるんだよね。本当にしょうもないから！　この映画を観に行ったら、それがカルトの収入源になっちゃうんだよ？」

「めっそうもない……」

「ふたりとも、すごいと思うんだよ。夢や目標があって、それに向けて努力してさ。ぼくはふたりのこと、好きだよ。だから、そんなことしないでよ」

そんなこと言われたらマジに好きになっちゃうって。私は思わず彼から目を逸らす。ハスミンは馬車道の食いさしのピザをふたつに切って、卓上のタバスコをめちゃくちゃかけて、そのどちらも食べた。私のぶんのピザはなくなった。

「ところでさ」

ふと、私は言ってみる。彼のことは正直、あまり多くを覚えていない。あるとき急にいなくなってしまったのだ。だから彼に関する記述については想像による補完に頼ることになる。馬車道はともかく、本を読む習慣のなかった彼がこの文章を目にすることはないだろうから、まぁ、あれだ……。好きに書いちゃえ！

「なぁに？」

「ハスミンって、ここにいてさ、楽しいのかなって……。なんか迷惑かけてばっかだな、って思って」

「そうかな。そんなこと考えたこともなかったよ」

なんか、言葉足らずだったかもしれない。私は自分が発した言葉を改めて反芻《はんすう》してみる。彼には彼の人生があるのだから、私たちとつるんで時間を浪費していていいのだろうか、ということが言いたかった。もう受験勉強もはじめてるらしいし。まぁいいんだろうな。いいから一緒にいるんだろうな。

「家にいるよりずっといいよ」

少なくとも、彼が最後にぼそりと言ったその言葉は私の創作ではない。そこから話を広げることができなかったことを、今でも覚えている。べつに悔やんだりはしていないが、なんとなく心残りだった。そういえば、彼がどこに住んでいるのか結局わからなかった。馬車道の家には行ったことがあるし、ハスミンを自分の家に呼んだこともある。でも、彼の住処とか、家族構成とか、まったく聞いたことがなかった。思えば、彼はそういう話をいっさいしなかった。

この際馬車道はどうでもいいけど、ハスミンとはもっと一緒にいたかったな。

「ただいま」

馬車道がスマホをいじりながらトイレから戻ってくる。さっきの激昂なんてなかったかのような、涼しい顔をしていた。

「あの……馬車道、ごめん。間違ってたよ」

「え？　ああ。うん。そりゃそうだよね」

彼女はすでに冷めていた。どういう原理で思考しているのかまったくわからない。親を殺すとかまで言ってたのに！

「あ、ピザ残ってない……」

「残り全部食べられちゃった」

ハスミンは私のほうを見ながら、空いた皿を指さしてくすくす笑う。

「お前マジか。協調性ゼロなのな」

ちょっとまってよ！　私は失笑しながらもうろたえる。

まぁさ、と馬車道は言う。

「もういっそ敵対してやりゃいいんだよね。いっそ私たちでぶっ壊してやろう。そんなカルト」

スマホを見ながら、適当な口調で馬車道は言う。

私たちは冗談として笑い合ったが、馬車道はもしかして本気で言っていたのかもしれない、と思う。彼女の、私たち、という言い回しがうれしかったのも、まぎれもない事実だった。

たかが宣伝映画を観なかったくらいで、なにかが起こるなんて考えられないしね。あとで部長にいたぶられればすむ話だ。だいじょうぶ。今のあいつは手負いだから、たいしたことはない。

さっきから、馬車道はしゃべりながらずっとスマホの画面に目を落としていた。

「ノーベル文学賞、カズオ・イシグロだってよ」

馬車道は表情を変えずに言う。

「えっマジで!?　すごいじゃん！」

私はブレザーのポケットからスマホを取り出す。今日はあまり使っていないのにバッテリーはもう残り三パーセントだ。画面右上にある残量表示のゲージは真っ赤になっている。案の定、ニュースサイトを検索して開く前に力尽きた。

「あ、切れちゃった」

「そろそろ機種変しなよ……」

そう言いながらハスミンがモバイルバッテリーを手渡してくれる。それを受け取って、USBの端子を本体に突き刺す。

「ショップ行きたくねぇ～！」

それはそうとして、モバイルバッテリーくらいは持っておいたほうがいいのは確かだ。

「カズオ・イシグロ？」

……って、すごい人なの？　ハスミンが言う。そりゃあ、めっちゃすごいからノーベル文学賞なわけよ。

「これを受けて、近所でも昔の文庫とか手に入るようになればいいんだけど」

実のところ、この当時イシグロ作品は『わたしを離さないで』しか読んでいなかった。そのうえで知った風な口をきいていた。

「『わたしを離さないで』って小説がすごく良くてさ」

「へー。こんど読んでみようかな」

そういう奴が本当に読んだことって有史で一度もないらしい。

『わたしを離さないで』ってあれだっけ。クローン人間のやつ。面白かったよなぁ」

「そうだけど……切り出すところ、そこ？」

おいしいコーヒーのいれ方

天気予報をちゃんと確認したためしがない。傘を持ってこなかったせいで、全身がずぶ濡れになっていた。家を出るときは小雨だったから、どうせすぐ止むだろうと高をくくっていた。大ハズレだ。

リュックサックの中身もびしょびしょだ。身体が冷える。

私は屋根の下にとどまって、待ち合わせをしているハスミンを待つ。


「あ」

びしょ濡れになっている私を見つけたハスミンはこちらに駆け寄ってくる。彼はちゃんと傘をさしていた。

「傘、持ってきてないの？」

そう言って彼は私をその中に入れてくれる。

「傘なんてさしたことない」

「嘘すぎるでしょ」

「どうせすぐ止むよ」

ちょうど、あの歴史的豪雨を記録したのがこの日だった。道路が浸水し、電車が止まったり局地的に停電が起こったりしたことを覚えている。

その後、川が氾濫して洪水になった。それ以降、町の景観は様変わりした。


「手、すごく冷たいじゃん。大丈夫？」

彼は傘を握っていないほうの手で私の手を握ってくる。

「……もともと平熱低いからさ……だいじょうぶ……」

今のでちょっと上がってきたよ。ハスミンの傘に入れてもらいながら、目的地へと歩きはじめる。

私たちはアーケードの格闘ゲームで対戦をするために、駅から三十五分（！）歩いたところにあるゲームセンターに向かったが、その日はちょうど臨時休業していた。途方に暮れた私たちは、雨をやりすごすことも兼ねて近くにある喫茶店に入った。この町ではチェーンでない飲食店自体が少ないが、こういう小ぢんまりした喫茶店はさらに珍しかった。いい感じ。ここを文明的な町にしたければ、もっとこういうものが必要だ。

客は私たち以外にはいない。休日でも空いている喫茶店ほどいいものはないが、休日でも空いている喫茶店はどうせすぐに廃業してしまう。ここもきっと時間の問題だ。

店のカウンターには『おいしいコーヒーのいれ方』が全巻置いてあった。ふーん……。そのうちの一巻を手に取って、テーブル席に戻ってくる。

「ハタリの学校は明日休校になるんだって」

「雨降ってるだけで？」

「そのレベルの雨ってことなんじゃないかなぁ」

私たちのなかで、馬車道はもっとも偏差値の優れた高校に通っていた。さすが、ちゃんとした学校は生徒のことを考えているな……。

今日、彼女は不在だ。

「ところでさ」

私は話を切り出す。

あくまで世間話の一環として、その話題を持ち出した。

「ハスミンの親戚が入ってるっていうカルトだけどさ」

彼の反応はあまり芳しくない。私が今も例の団体の話題に夢中になっていることを、よく思ってはいないらしい。面目なさを感じつつも、私は言葉を続ける。

何度か前の回でそれについて書いたことがあったが、改めて明言すると、それは紛れもなく実際にあったことだ。

「どんな団体なのかな」

「さぁ。ぼくもよく知らないよ」

「名前とかさ」

「どうだろうね。知らない。少なくとも、なになにの会、とか、なになに教団、とか、いかにもカルトですよ〜って名前はしてない」

この地域で勃興している宗教組織なんて多くない。「あの宗教」とか、「例の団体」とでも言えば、暗黙の了解としてじゅうぶん通じるだろう。

私がひとりで思案していると、ハスミンは話題を変えようとしてくる。私はそれに従うことにする。

「じゃーさ、もし教祖になったとしたらさぁ、自分の宗教になんて名前つける？」

ハスミンはけっこう不謹慎なところがある。そういうところも好き。

うーん……。私は思考するそぶりを見せるが、実はすでに考えたことがあった。カルト教団と戦う小説を書いたことがある。

主人公が打倒すべき敵役を設定するとして、「悪の組織」じゃいくらなんでも説得力に欠ける。もう少しだけ大人向けに言い換えて「カルト教団」だ。

時間を置いてから、赤面しないように意識して私は言う。

「アポカリプス・ボーイズ……」

ハスミンはアイスコーヒーのストローをくわえながら、本気で面食らったように目を見開いた。そして、共感性羞恥によって耳を赤くする。

「わかってる。言いたいことはわかるよ」

私は手のひらを彼に向けた。黙示録をテーマにした話だ。角川のラノベの新人賞に送ってみて、一次選考を突破できなかった。初めて真剣に書いた長編でいきなり現代ニューヨークを舞台にした心意気は評価してもいい。

「かっこいいじゃん。アポカリプス・ボーイズ」

ハスミンはにっこり笑う。彼は馬車道ほどではないが、意外と皮肉を使いこなす。

「信仰を持つことで、いずれ来たる終末を生き延びられるっていう……キリスト教系でさ」

「どういう教理?」

「終末思想から身を守るっていう理念で活動してて、実際にその世界では黙示録的な自然災害が起こったりしてるんだ。でも実際はそれが教団の自作自演で……」

「その世界ってどういうこと?」

つい口を滑らせてしまったので、その名前は昔書いた小説からの引用だったことを明かす。とくにハスミンはなにも言わなかった。

「自作自演ねぇ。どういうことするの?」

「なんか飛行機とか落としたり……」

「それじゃただのテロ組織でしょ」

「それはまぁ、カルトだからさ……。ドゥームズデイ・カルト」

とくに題材について調べず適当に書いたから、ロクなものが書きあがらなかった。

「カルトのこと、『動かしやすい悪役』くらいに思ってない？」

「それは……」

実際そうだった。悪役に悪いことをさせるための、説得力のある動機を考えるのはけっこう難しい。そこでカルトの信奉者ということにすれば、合理的な理由づけを省略できる。

この人物はなんでこんなことをしたの？　なぜならカルトを信仰しているから！

すべての疑問や矛盾点を「カルトだから」で押し切るつもりだった。

ハスミンは言う。

「カルトは『魅力的』じゃなきゃいけないと思うな……。実際そうでしょ？　みんな、魅力的だから同調してお金を払うんだよ」

「なるほどね……」

「お嬢さんたち、そろそろ帰ったほうがいいんじゃないですか」

店主がカウンターから、ハスミンのほうを見て声をかける。ガキはさっさと帰れ、と追い出されそうになったのではなく、これから嵐になるだろうから、そろそろ電車が止まってしまうかもしれないぞ、と警告を入れてくれたらしい。

実のところハスミンとのデートをもっと続けていたかったが、店主の言い分はもっともだった。私が家に帰れないぶんにはどうでもいいが、ハスミンはそうではないはずだ。

窓から外を見ると、さらに雨が強くなってきていた。突風なのか、雷の音なのかはわからないが、なにか鳴っている。

「アポカリプスだ。ウィー・アー・アポカリプス・ボーイズ……」

「むう……」

「あーあ。電車止まってるっぽい！」

ハスミンはスマホで電車の運行状況を調べたようだ。私もそうしようとしたが、例によってバッテリーがすでに切れていた。今日はここに来る前に音楽を聴いてしまっていた。そういう気分だったのだ。今思えば、私はなんのためにスマホを持ち歩いていたのだろうか。通信端末として適切に活用できていたためしがない。なんの役にも立たない板切れがカバンに入ってるだけだ。

「というかさ、さっきお嬢さんって言われなかった？」

ハスミンはにやつきながら小声でつぶやく。私は口を閉じて吹き出すのを堪《こら》えたせいで喉から滑稽な音を漏らした。フィクションに出てくる紳士しか使っちゃいけない二人称だ。

その埃を被った代名詞は、おそらくハスミンに向けて使われた。外見でジェンダーを見分けようとすることの無意味さは前提として、店主はハスミンのそれを取り違えたことにも気づいていないようだ。

私服のとき彼はほかの誰よりも自由で、解放されているように見えた。この地域の十代として可能な限界ギリギリまで、規範から逸脱していた。ばさばさに伸ばした色の薄い髪に、メンズサイズだけどフリルのついたパステルカラーのジャケット（どこで売ってるんだろう？）、左右で色の違うスニーカー……。そして私よりはるかに背が高い。

彼のいでたちには惚れ惚れする。本当は私も彼のような、飛び抜けて自由で規範から逸脱した装飾を身にまといたかった。

ハスミンは自意識に縛られていない。それが羨ましかった。

閉店までずっとここにいるわけにはいかない。ほんの少し雨が弱まったタイミングを見計らって、私たちは店をあとにした。屋内で乾いた服もすぐにふたたび濡れる。ハスミンは傘をさそうとしたが、激しい横向きの風によって開いた瞬間にひっくり返る。

「あっ」

そして、雨と風で指先を狂わされた彼は、手元から持ち手を滑り落とした。傘は風に乗って、濡れた地面を滑ってどっかに転がっていってしまう。

「探しに行く?」

「別にいいかな……」

彼もすでにびしょびしょに濡れきっていて、いまさら傘をさしたところでどうにもならなそうだ。

これ以上どこかで時間を潰しても、より天候は悪化する一方だろう。電車が動いていないなら、家まで歩いて帰るしかないか。自分はいいが……徒歩で帰るとなると、遠くに住んでいる彼はかなり時間がかかる。雨を浴びまくってぐったりしているハスミンを見て、私は言う。

「あのさ！」

「なに？」

雨音がうるさくて、お互いに普段より声が大きくなる。

「ハスミン、家遠いでしょ。うち来ない？」

彼は一瞬なにかを考え込むようなそぶりになって、どうしようかな……と思案にくれた。

「でも、いきなり行っていいの？　家族とか」

「今日は家にいないから。だいじょうぶ」

私の両親については詳しく記述しない。意図的にあえて伏せるわけではなくて、特筆すべき点がほとんどないからだ。なんてことない、ただの労働者だ。

「うーん。じゃあ、お邪魔しちゃおっかなぁ」

この日の荒天は町に多大な被害を及ぼしたが、私にとっては悪いことばかりでもないらしい。


しばらく雨に打たれながら道を進んでいたとき、ふいにハスミンがあっと声をあげて私の肩を引っ張ってきた。

「なんか踏んだよ」

「マジ？」

ハスミンが言うところによると、ネズミか大きな虫かなにかの死体がアスファルトにへばりついていて、私はそれを踏みつけてしまったらしい。

雨に濡れていてわかりづらいが、なにかを踏んだのを確かに感じた。私は不快な感触を靴底ごしに感じて、背中を曲げて足の裏を覗いてみる。

靴裏に張り付いていたそれに目を向ける。

私はそれを剝がして、彼に見えないようにとっさに拳に握った。

「どうしたの？」

私が思わず顔をしかめたのを見て、ハスミンが声をかけてくる。

「いや、なんか、丸まった湿布。濡れて剝がれちゃったんだろうね。汚いな」

「そっか」

いつもならその場に投げ捨てるかもしれないが、彼の手前、そうはしない。よりにもよって、着ていた上着にもズボンにもポケットがなかった。私はそれをとっさに袖口に入れて隠した。今思えば、もっとやりようはあった。

私たちは歩みを再開する。

本当はそうするべきじゃなかった。実のところここで踏んだのは湿布じゃなかった。


その正体は第一関節から切断された指だった。人間の、大人の、指！　爪もそのまま、切断面からかすかに血が流れているが、腐敗はしていない。刃物で切り落としたというより、無理矢理食いちぎった、みたいな断面だった。たぶん、親指と小指以外のどれかだ。

犯罪に関与したことなんてない。そのちぎれた指との因果関係はない。ただ、ハスミンとの時間に水を差されたくなかったという思いだけで……それなりに事件性をはらんだそれを隠蔽してしまった。

しかも最悪だったのが、私はそのとき指を袖口に隠したことを完全に忘れた。家についてハスミンと楽しく遊んでいるときにはすでに、袖口からそれは消えていた。たぶん、どこかで落としたんだと思う。それに気づいたのはずいぶん経ってからだった。雨風に晒されて私の指紋が消えていればいいのだが……。

この日が、ハスミンと過ごした最後の充実した一日だったはずだ。それなのに記憶はおぼろげだ。彼のことを思い出そうとすると、どうしてもその指の切断面ばかりがチラついてしまう。


彼女は今回の分の連載を読み終え、名状しがたい、とか、それ以上忌み嫌うものなどない、みたいなラヴクラフトがよく使う言い回しのような気分に陥った。

彼女はそれを保存して分析する必要に駆られているため、止むを得ずそれらに何度も目を通すことになる。

馬車道ハタリという名前の登場人物は自分のことで、作中に出てくる彼女ならこう言うだろう。

「つまんない小説読んでるとね、登場人物全員ワニに喰われて死なないかなって思うよね」

多数の誇張や嘘を織り交ぜながら無断で作品に登場させられたことよりももっとも許しがたいと思ったのは、ハスミンの人称代名詞の誤用だ。「彼女」が正しい。

耐えがたい嫌悪感に身悶えしつつ、彼女は抜粋を記録する。

そして、次の連載に目を通す。まだ、彼女が探し求めている「それ」についての記述は見当たらないようだ。自分たちの青春の象徴であり、すべてがめちゃくちゃになる元凶の、それ。

かわいい闇

今回は、例の洪水災害が私にどのような影響を与えたかを記そうと思う。

洪水は破壊と雇用機会以外に、この町にもうひとつのものをもたらした。いたるところからいろんなものが流れ着いて、打ち捨てられている。ほとんどはゴミだが、たまに貴重な品が泥に塗《まみ》れて転がっていることがあった。行政に回収される前に手に入れることができれば自分のものにできる。クラスメイトにも、数十枚のレコードが入ったままのキャビネットやそれなりに骨董品的価値のあるカメラ、紐で縛られた『ＡＫＩＲＡ』の全巻（乾かして泥をとったらちゃんと読める！）などを見つけ出した連中がいる。綺麗に洗浄したり修理したりして売却してもいいし、気に入ったなら自分で使ってもいい。ごくまれに現金が見つかることもあった。物の落とし主が現れることはほとんどなかったらしい。忙しすぎてそれどころじゃない、と警察は市民を軽視する。

しばらくこの行為は、行政にも見て見ぬフリをされていたと思う。ほっとけばガキや貧乏人が勝手にゴミを片付けてくれるんだから。この町の人口のうちの六〇パーセントが老人で、残りはガキと貧乏人だ。もちろん貧乏人の老人もいる。町の外に住む人の中には、この町の泥は放射線に汚染されている、とひどいことを嘯《うそぶ》く連中もいた。

そのころ、みんながちょっと後ろめたい思いをしながらも、ゴミ拾い《スカベンジ》に夢中だった。私も受験シーズンと重なってさえいなければもっと宝探しに打ち込んでいたと思う。スカベンジャーになってそれで食っていきたかった。

町や県の外からやってくるボランティア団体や収集人もいた。いいものはすぐになくなってしまう。夜中、机に向き合って赤本に載っている過去問に挑んでいる最中も、家を抜け出してスカベンジに行きたくて仕方がなかった。

私の部屋にはそれで手に入れたお気に入りのものがいくつかある。

雨と風が止んで、道路から水が引いた。そのとき私が最初に路地から拾い上げたのはボロボロのウクレレだった。汚れを落として弦を張り替えてみると、いちおうちゃんと音を鳴らせた。

ネックに記載されていたメーカーの名前を検索してみると、とくに価値があるものではなかった。ハワイ製の本場の品らしいが、売って金になるようなものではない。

ネットで演奏法や有名曲のタブ譜を調べてみて、受験勉強のかたわら、ちょっと練習をはじめてみた。それがけっこうしっくり来て、「普通に弾ける」レベルにまでは上達できたのだった。高校を出て上京するときにも、新居に持って行った。今でも気分転換がわりにたまに弾いて遊ぶ。ギターと違って弦が柔らかいし、しかも二本少ない……。

そしてバンド・デシネの傑作『かわいい闇』……の中国語版！　重厚かつグロテスクな小人の物語だ。いつか読みたいとぼんやり思っていた。当時からすでに邦訳も出ているのだが、そのときの自分には常識的な値段で入手する手段がなかった。中国語版なのでテキストを読み進めるのにめちゃくちゃ難儀した。スマホの翻訳アプリを片手にどうにか最後のページまで辿り着いたときは、あたかも人生の山場をひとつ乗り越えた気分になった。この経験をきっかけに大学では第二外国語で中国語を選択したが、役には立たなかった。フランスの漫画にちょっとだけ詳しくなれたことは間違いない。

私はひとりでいろいろなものをゴミの中から探し回っていた。これには馬車道とハスミンは付き合ってくれなかった。とくに馬車道は「スラム街の血気盛んな若者気取りか？　中流のガキ」と痛烈に私を揶揄した。実のところ、彼女はこのゴミ漁りムーブメントそのものを軽蔑していた。

「本当に今すぐ金や物が必要な人たちっていうのはこの町には少なからずいて、この機会はそういう人たちに譲るべきだ。お前らみたいな連中が必要でもないのに価値のあるものを持ち去るせいで、彼らはチャンスを失い、震えながら泥に手を突っ込んで餓死する。清掃作業員として雇用された労働者の仕事を奪うことにもなるだろうね。お前の身勝手な自己満足のせいで」

「むう……」

完全に論破されたと思う。彼女の言ったことは事実で、私はなにも不足してないのにさらに得ようとする強欲な人間に成り下がっていたかもしれない。それでもコソコソしながらゴミを漁ることをやめられなかった。まるで、この閉鎖的な町が、仕切りを取っ払われて一時的に外の世界と繋がったように思えたからだ。

なんでもかんでも拾えばいいってものでもなく、パソコンのキーボードやヘッドホンなんかの電気製品はさすがに水没してしまって使えなかった。かわいいドラゴンのぬいぐるみを見つけたときはどうしても持って帰りたかったが、それの全身におびただしく虫が湧いていて、さすがに断念した。リトルリーグの優勝トロフィー……さすがにこれを欲しがるほど節操なしなわけじゃない。

衣服やタオルなどの布製品はさすがに不潔なイメージが強すぎて拾う者は少なかったが、私はそんなこと気にしなかった。勇気を出して異臭を放つ布クズを掻き分けることで、私はラコステのシャツを無料で手にすることができた。二、三回洗濯したらワニちゃんのワッペンが取れてどっかに行ってしまったので着なくなった。ウケ狙いでその話をしたらなぜか馬車道に気に入られたので、彼女にあげた。

「なんかいじらしいよな。見た目がどうであれ、お前はラコステだよ」

馬車道は私から受け取ったシャツに優しく語りかけた。彼女がそれを着ているところは結局一度も見ていない。いじらしいとはいえ、それを着るかどうかは別問題だ。

そして、レインボーの六色に色分けされたA4サイズのプライドフラッグ……。泥と靴で踏みにじられた跡でぐちゃぐちゃになって、側溝に挟まっていた。この町においてもこれを掲げていた人がどこかに存在していたという事実は、些細ながらも「希望」とみなして差し支えないんじゃないかと思う。それは持ち帰らずに、汚れを落として乾かしてからそばにあった大きな公園のフェンスにくくりつけておいた。

ところで、もっとも私を悩ませたのは食品のたぐいだった。瓶詰めの調味料や珍しい缶詰、未開封のワインやウイスキーの瓶なんかが見つかることもあって、密閉されてるなら大丈夫だよね……と手を出しそうになったことがある。さすがにそこまではしなかった。食中毒のリスクは無視できないし、食料品はもっと必要な人がいる。

洪水が終わってからしばらく経って、被害の残滓はありながらも町のシステムが復興しはじめたころ、やっとゴミ漁りは大々的に禁止された。私の高校でも警察署からのチラシが配布されたし、町は一般人の「ゴミ拾い」は犯罪である旨のポスターだらけになった。一度大々的に禁じてしまえば、田舎のコミュニティは相互監視が働くので抑止力がでかい。

中学生が漁りに夢中になって死ぬ事故が三件起こったこと、ゴミの中から実銃がたくさん詰まったバッグが見つかったこと、ゴミの所有権をめぐって殴り合いが勃発したこと、マナーの悪いゴミ拾いたちが道路を散らかすことへの苦情が絶えないこと（私はそんなことはしない！）、破傷風のリスクが高すぎること、ゴミを隠すならゴミの中ということで逆に不法投棄が増えていること、そもそも落ちてるからといってものを勝手に持ち帰ったり売ったりしてはいけないことなど……行政が見て見ぬふりを続けられない理由は枚挙にいとまがなかった。どうしてもそれを続けたければ、深夜にこっそり行うしかない。

その日、これで最後にしよう、と私は午前二時に家を抜け出した。まだ行政による回収が済んでいない地区にある閉鎖された公園まで歩いて行って、そこにあるガラクタの山をスマホのライトで照らす。点灯しておけるのは長くて十分だ。記念になにか、ひとつだけを持って帰ろうと思っていた。

今思えば、どうして自分がここまでこの行為に恋焦がれていたのか、よくわからない。

公園にはひとり先客がいた。

老人がショッピングカートを押している。近づいてからそれが老婆であるとわかる。とにかくその老人はカートを押しながら、その中に手当たり次第にガラクタを詰め込んでいる。

コーマック・マッカーシーの『ザ・ロード』で、主人公は幼い息子とともに、災害で滅んだ世界をショッピングカートを押しながら旅をする。読点のない静謐《せいひつ》かつ熱のこもった文体と鮮烈な終末についての描写。老人を見て、その小説を思い出した。

私は老人にゆっくり近づいていった。驚かせてショック死でもされたらやっかいだから、物音を過度に立てないように気を配った。自分が危害を加えられる可能性はまったく頭になかった。不用心すぎる。

「あの」

普段は知らない老人に自分から声をかけたりは絶対にしない。

老人は答えず、黙って私のほうに振り向く。顔つきが険しかった。巡回の警官や警備員だと思われたのだろう。

私は泥や蜘蛛の巣で汚れた彼女の手に目線を落とす。

「素手でやると危ないですよ。これ……」

私は持参していた予備のゴム手袋を渡そうとする。彼女はそれを受け取った。

ふと、老人が携えていたカートの中を覗いてみる。骨董品や破損した電化製品、ひび割れた食器……地球儀や昔のドラマのレンタル落ちＶＨＳ、自転車のサドルなんかはなんのために拾っているのだろう。私には価値が見出せないものばかりだった。

「なんか、いいもの見つけましたか？」

老婆の警戒を解くために、私は声をかけつつ手袋をはめてゴミの山に腕を伸ばす。スマホのバッテリーが切れる直前まで物色したが、物欲をそそるものはなにも見つからなかった。そういうときのほうが多い。

「じゃあ。気をつけて」

私はそう言って、その場から去ろうとする。

「あんたも探してんのけ」

初めて老人が口を開く。ひどくかすれた声で、私は聞き取るのに難儀した。

「なにを？」

「あれだよ」

彼女は若干苛立ったような態度で言葉を濁した。

「……あれですか」

知ったかぶることにする。

「ここにあるはずなんだ。絶対に……ここに……」

老人は山の中にある自動車のタイヤを持ち上げようと苦心していた。私は無言でそれを手伝った。山から下ろしたタイヤは転がって、夜の闇に消えていく。

「ひとりで来てるんですか？」

老人はうなずく。さすがに危なすぎると思ったが、驚いたり戒めたりはするべきじゃない。よく見ると近くに軽自動車が路上駐車されている。それに乗って来たんだろう。

「あれ……見つけたら、どうするんですか？」

彼女はすぐに答えた。私の発声は明瞭なほうではなく、高齢者にはよく何度も聞き返されるが、彼女は一発で聞き取ってくれたらしい。

「この町から出て行って、残りの人生、好きに過ごすよ……」

「なるほどねぇ」


彼女はきっと、この町のガラクタの中に大金があると思い込んでいるのだろう。そういう人たちもけっこういた。行政がゴミ漁りを禁止したのは、それをされると不都合なことがあるからだ……。つまり、莫大な現金の入ったアタッシェケースやそれに準ずる価値のある物品。あるいは、国家機密が記載された文書やデータメモリー。

血眼になってそれらを探そうとするのはある種陰謀論的でもあって、カルトとそんなに変わりはない。そういった面からも、馬車道はこれを嫌っていたんだろう、と今になって思う。

その日以降、私は「ゴミ漁り」から足を洗った。もう価値のあるものはすべて取り尽くされてしまったし、そんなことにうつつを抜かしている余裕はなくなった。

この町にも、わりといろんなものが……なくはないらしい。
次の回では、本連載のタイトルにも記されている、私たちの人生に大きく影響を及ぼしたあるものについて記述しようと思う。

それ以降、連載は途絶えている。

第一章 リニューアル

彼女は混み合ったモスバーガーの店内に入り、カウンターへと進む。都内の主要駅付近にあるのに、昼飯どきでもぜんぜん混んでいない。

店員から紙袋三つぶんの商品を受け取って外に出る。デリバリーバッグにそれらを詰め込んで、店先に停めておいた自転車にまたがる。

ハンドルに取り付けたスマホの画面に表示された目的地に向かって、彼女は自転車を走らせる。駅前にある店から十分ほど走り、富裕層が住んでそうな高層マンションへと辿り着く。エレベーターに乗って、二十六階へと昇っていく。

「たけーところに住みくさりやがって」

自分以外誰も乗っていないエレベーターの中で、彼女は直接声に出して言う。

玄関から部屋の中が見える。ダイニングのテーブルの上に、大きめの箱がレンガのように積み上げられていた。側面に印刷された商品名が見える。プレステ5だ。

プレステ5をこんなにたくさん持ってるなんてすごい！

「暑い中いつもご苦労さまです！　お仕事がんばってください！」

注文者がなにかを手渡してくる。塩飴だ。

エントランスに塩飴を投げ捨てて、馬車道は外に出る。次の注文を受け取るために、待機場所としている駅前まで戻る。


ペガサスデリバリーは昨年から急激にシェアを伸ばし、フードデリバリー業界の最大手となった。

配達員が注文者に公開することになる名義は本名でなくてもいい。ペガサスは書類審査が非常にゆるいことで有名で、すべてネットで完結するし、口座さえ登録すればほぼ誰でもギグワーカーとして働ける。

本名を使いたくはないが架空の名前を考えるのが煩《わずら》わしかった彼女は、昔使っていた本名とは別のもうひとつの名前を再利用することにしている。今はもう誰からも本名では呼ばれない。

馬車道ハタリ。それが彼女の名前だ。名前にするような言葉じゃない組み合わせなのが良いと、自分でも気に入っている。この名前を思いついたのは十年以上前のことだから、由来は思い出せない。

馬車道。乗り物は偉大だ。とくに車輪がついてて、エンジンを使わない乗り物は……。


馬車道は大学を無事に卒業して新卒で入った運送会社に半年間しかとどまっていられなかった。新人研修で自分にフォークリフトの操縦を教える上司を殺しかけた。操縦をミスり、タイヤで上司の脚の骨を踏みつけて砕いた。それだけならまだしも、上司からの叱責に逆ギレし、もう片方の脚の骨をも砕こうとした……。

人間的にどっかおかしいことを自覚している。だから、誰とも協力せずに進められる仕事をすることにした。正社員のときより収入はずっと減った。今はまだ、家賃や生活費を払うことはかろうじてできている。

ベトナム料理店でフォーを受け取って、注文者の一軒家へと向かう。インターホンを押す。置き配指定だ。ドアの前に商品を置いて、配達完了のメールを送る。

食い物を運んで行ったり来たりの繰り返しだ。地元よりもさらになにもない田舎に住んでいた祖母が、家畜にエサを与えて回っていたときの姿を思い出す。やってることはそんなに変わらない。

昼食どきを過ぎると、注文は少なくなっていく。いったん自転車を駐輪場に停めて、しばらく休憩することにする。注文が少ないときに無理に働くより、休めるときに休んだほうがいい。この仕事は誰からも邪魔されないが、誰からも助けてもらえない。

駐輪場近くの駅前に喫煙所がある。大きめの駅だが、今日はさほど人だかりはない。

「あっ、どうも」

声をかけられる。馬車道は軽く手を上げ、挨拶を交わす。

喫煙所にはひとり、配達用のデリバリーバッグを背負った若者がいる。同業者だ。かつて、この若者がなくした自転車の鍵を探すのを手伝ったことをきっかけにたまに話すようになった。お互いに名前を名乗ってもおらず、たまたま会ったら軽く世間話をする以外の交流はなかったが、友人と呼んで差し支えないと思う。

出会ったときに「いい自転車ですね」と長い間ずっと乗り回している赤い自転車を褒められて、馬車道は完全に気を許した。よくわかってんじゃん。

その若者は外見上の特徴があまりない。しかしガラムという意味不明なタバコをいつも吸っているのが個性的だ。タールの含有量がとても多く、甘いフレーバーがついている。馬車道は少し吸っただけで気分が悪くなってしまう。独特な匂いがする。

失礼だが、こっそり「ガラム」というあだ名をつけている。

ガラムはアクリルの壁に寄りかかりながら、デリバリーバッグのポケットから抜き出した単行本を手に取った。立ったまま片手の指にタバコをはさんで両手で本を持つのは大変そうだが……そうしてまでも読みたいほど面白い本なんだな、と馬車道は思う。

生活費を賄《まかな》うのにいっぱいいっぱいで、最近ぜんぜん新刊本を読めてない。

「読書するんですね」

フードデリバリーの配達員は仕事で常にスマホを使うので、時間つぶしはそれ以外でやったほうがいい。でも文庫本じゃなくて単行本サイズか。デリバリーバッグに入れるとわりと大きくて手こずるんだよな。

「まぁ。小説くらいですけど」

ガラムはそう言って、本から目を離してこちらを見てくる。あなたは？ということだ。

「昔はよく読んでたけど、最近はぜんぜん……」

馬車道は浅薄そうに見えるように笑う。読書トークをする気分にはなれなかった。

今読んでいるのは、質の悪い私小説もどきだけだ。

「できれば読んだほうがいいですよ。現代人に足りないのは、他者への想像力だ」

「……なに読んでるんです？」

馬車道は彼の手元にあった単行本を覗き込む。ジュンク堂のブックカバーがついているせいで見えない。もう後半のページだ。

「最近出た、チャック・パラニュークっていう作家の新刊です。あ、パラニュークっていうのは……」

「パラニュークの!?」

とっさにカバーを取ってタイトルを確認したくなる。意図的に小説の情報から目を背けていたので、もう邦訳が出ているなんて知らなかった。高校生のころ、当時としてはかなりの大金を出して絶版本を手に入れた。

ただ、そういう話を嬉々としてする自分は、十代のころにもう死んだ。今の自分は、ただ日銭を稼いで生き延びることだけを考える労働者にすぎない。

まったく別の人間に、リニューアルした。悪い意味で。

「そう！　まだ途中だけど、メチャオモロですよ。あと、過去作が最近電書で復刻したんですよね」

「え、そうなんですか？」

「そうそう」

『インヴィジブル・モンスターズ』も？　『チョーク！』も？　『ララバイ』も？」

「はい。なんか、案外詳しいんですね。すげー食いつくじゃないですか」

　ガラムは呆れ笑いを浮かべる。

「十代のころとかはいっぱい読んでましたね。ここだけの話、作家になりたかったし」

　どうせたまに会うくらいの仲だ。わざわざ隠し事をして消耗することもないな、と思い直す。

　馬車道が想定していた以上に、ガラムはそれに興味を示す。若干語気が上がった。

「そっすか！　実は、自分もいま書いてて、賞に応募してるんです」

「そりゃまー。がんばってください」

　世の中には無数に小説があって、無数に作家志望がいる。クーンツの『ベストセラー小説の書き方』がベストセラーになるわけだ。最近は『「書き出し」で釣りあげろ』とか、ル＝グウィンの『文体の舵をとれ』とか。

「で、どんな話を書いてるんですか？」

　馬車道はすかさず、質問する側に回る。ガラムは若干困るそぶりを見せる。

「えーっと。ＳＦで、ちょっと一言では説明しづらいんやけど……」

ガラムは言葉に詰まる。黙ったまま半笑いで時間をやりすごしていた。しばらくして本をデリバリーバッグにしまって短くなったタバコを灰皿に捨てに行った。スマホを取り出した。

「あ。ちょっと注文入っちゃったな。行ってきます！」

ガラムは喫煙所から出て行こうとする。

「がんばって」

馬車道は声をかける。ガラムは振り返らないまま、親指を立てた。

ひとりになった馬車道は、二本目のタバコに火をつける。

煙を吐き出しながら、思案にくれた。

これまでたくさんの文章を書いてきた。字数だけで言えば、年に何冊も出すベストセラー作家と同じくらいの分量のテキストを生みだしてきたはずだ。

文藝賞の二次選考、すばる文学賞と電撃小説大賞の三次選考、女による女のためのR-18文学賞と創元SF短編賞と横溝正史ミステリ＆ホラー大賞の一次選考……。そのほか、下読みを突破できなかった数多の新人賞……。

もっともいい結果だったのがJ《ジャック》・ケッチャムホラー小説新人賞だった。初めて最終選考まで残った。著名なホラー作家たちの選考委員陣が魅力的で、掲載雑誌も好きだったからなんとしても受賞したかった。あれは惜しかったなぁ。

あらゆるジャンルの小説新人賞に挑戦していた。でも、いつもなにかが足りなかったらしい。

今も小説を書き続けていれば、いつかは日の目を見ることができたのだろうか？

後悔の念に駆られてどうにかなりそうになる。でも、もうすっぱりと諦めた。せっかく買ったポメラもメルカリで売った。


アプリに注文が来た。

余計なことをこれ以上考えないために、さっさと自転車にまたがって次の注文を取りに行くとする。オーダーのあったインドカレー屋まで自転車を走らせる。

自転車を漕ぎながら、馬車道は小説世界に没頭する自分の姿を夢想した。パラニュークの新刊か〜。よりによってなんでそんな話を。いくらなんでも読みたすぎるぞ。どうしても我慢できなくなって、食事を抜いてそれを買うことに決める。

どんな話なのかな！

それに気を取られすぎて、対向車への反応が遅れた。クラクションを鳴らされる。

馬車道はそれに舌打ちで返す。

（第二章）ラッキー頭蓋骨

　馬車道が十代のころに過ごしていた郊外の町は、良いことが一あれば、悪いことが九起こるようなところだった。あまりに悪いことが起こりすぎて、もう町そのものがなくなっちゃったくらいだった。ちょうど五年前。わりとなくなりたてだ。

　山岳地区に位置する地域の隅っこにある、壕戸《ごうと》原発で有名な壕戸町だ。その周辺の地域では、「ブチ切れて人を殺す」という意味の、「めさす」という方言がある。主に怒りを表明するときに用い、用例は「てめぇ、めさすぞ！」「あんまユウキ先輩のことバカにしてっと、めさされっぞ！」といった感じだ。イントネーションは右肩上がり。漢字では「目刺す」と書く。昔、民の目を杭で刺して失明させ、自由を奪った状態で支配していた村の長がいたことに由来する。彼に目を杭で刺されることは生きながら殺されることと同義だったから、やがて殺人そのものを意味するようになった。「ブチ切れて殺す」というニュアンスが付与されたのは近代になってかららしい。人間以外の生き物を殺すことに使うのは誤用になる。

こんな言葉があることからわかるように、全体的に病んだ町だった。そこに住んでいる人間もまた、病んでいた。馬車道も例外ではない。

壕戸町の治安は良かった。犯罪が犯罪として扱われていなかったから。

当時、寂れた店にあるトイレで、死体をバラした奴がいた。営業終了後に忍び込んだとかではなく、営業中に、堂々と。

馬車道は例の質の悪い小説のことを思い出す。それにも、その事実をほのめかす描写があった。

これ以降は特筆できるようなエピソードに乏しいから、時間を大きく飛ばしていこうと思う。馬車道とはお互いに小説の添削をし合ったり、本を貸し借りしたりのやりとりはしていたが、一緒に遊びに行ったりすることはほとんどなくなった。最後に彼女に読ませてもらった小説のことは今も覚えている。詳細は省くが、どの新人賞に送ってもいい結果が返ってくると思う。いつか彼女の名前をどこかで目にするかもしれない。

受験を終えて暇になった高校三年の三学期、私は小遣いを稼ぐためにバイトに勤《いそ》しんでいた。小説を書くことも、本や映画に触れることもそっちのけだった。

このころの私は非常につまんない人間だったと思う。ハスミンとも馬車道とも会わなくなって、ついに友達の人数はゼロになった。

今思えば、もっとも悲しいのはそれをそんなに寂しいと感じなかったことだった。自分の生活のことと、これからはじまる新たな人生について考えることで頭がいっぱいだった。

私は実家で生き物を飼っていた。わけあってそれを実家に置いていくことはできなくて、新居に連れていかなくてはならなかった。

ペット可でなおかつ家賃安め、都内の駅近くの物件を探すのがなにより大変だった。これからの生活費のために、今のうちに稼いでおかなくちゃいけない。

八百円にも満たない時給で働いていた。今思うといくらなんでも安すぎやしないだろうか。数カ月だけの短期で、なおかつ高校生を雇ってくれる店なんてそうそうない。やっとのことで見つけたその店で、私はトイレ掃除に取り組んでいた。長期で入れるフリをして面接を突破し、春になったタイミングでバックレるつもりだった。

高校生がする初バイトにしてはけっこうみじめな仕事な気がするが、接客よりはマシな気がしていた。この町に住んでるような連中に笑顔と尊敬語だと？　信じられない！

私は入り口に「清掃中」の黄色い立て札を立てた。用具入れからブラシを取り出す。

洗面台と個室がそれぞれふたつずつある。洗面台の下に長財布が落ちているのを見つけた。緑と赤のラインが走っている。そんなにハイブランドに明るくない私でもわかる、グッチのやつだ。

小説で登場人物に悪事を働かせたら、必ず報いを受けさせるべきだろうか。悪人が悪人のまま一敗もせずに勝ち逃げしたら、やっぱりあんまり気分が良くないのかな。

ちなみに、グッチの財布を使うような奴は金持ちなので、それから盗むことは悪には当たらない。

私は深くため息をつく。それを床から拾い上げて店舗の事務所に持って行った。台帳にそれを拾った旨を記録しなければならない。

事務所から戻ってきて、用具入れからブラシとクレンザーを取り出して掃除をはじめる。表で流れている音楽がかすかに聴こえる。聴いたことある。これなんだっけ。サビまで聴けば曲名もわかるはずだ……。

便器を掃除するために個室に入った束の間、そこの光景が目に入った私は思わず歯を食いしばった。

「うわっ」

スプラッターというか、スラッシャーというか、そんな感じだった。蓋を開けっぱなしの黄ばんだ洋式便器一面に、べったりと血が付着している。中だけじゃなくて、個室の壁の内側いっぱいにも広がっている。赤い塗料によるイタズラなどではないことは私にもわかった。

「ふざけんな」

トイレでの出血の理由はいくつか想像できるが、そのどれも明らかに違う。出血量があまりにも多すぎた。失血で死んでいてもおかしくないくらいだ。

建物の中のトイレがこんなことになっていて、騒ぎにならないのは不自然だと思うだろうか。この町は、相互監視と見て見ぬフリで成り立っている。それらは相反するようで、わりと両立できる。

便器や床のタイルにこびりついた血は乾きはじめている。クレンザーをいっぱい振り撒いて、ブラシで擦りまくる。この汚れを落としきれなかったら、私のせいになる。

「あ〜もう！」

どうせ人足に乏しい時間帯だ。私は堂々と独り言を漏らしながら、持ち手が折れんばかりに力を込めてブラシを擦りまくる。便器の内側についた血のりをどうにか落とそうと苦心する。数十分のあいだ擦り続けていると、ようやく色が薄くなりはじめる。

汗だくになりながら掃除を続ける。腰や腕が限界に達し、いったん洗面台のフチに座って休憩することにする。鏡を背にしながら、ブラシを傍に置いて、ポケットから取り出したスマホで時間をつぶすことにする。

しばらくすると足音が聞こえて、私は慌てて洗面台のフチから立ち上がる。

「清掃中」の立て札をよけて中に入ってきた客は私の姿を認めると、目を見開きながらあっと口を半開きにする。

「久しぶりだな」

ここからが、馬車道とする最後の会話だった。

「そうだね」

私ははにかみながら答える。どうしよう。なにを話そうか。いい話題があまり思いつかない……。

「ここで働いてんのな」

馬車道は今、私が金を必要としていることを知っている。それだけ言って、彼女は個室に入っていこうとする。よりにもよって奥側、血まみれになっているほうだ。突発的にそれを止める。

「待って！　反対側のほう使って！」

「掃除中だった？」

そう言いつつ、馬車道は私が入場を拒んだほうの個室をわざと覗き込みに行った。お前はいつだってそういう奴だ。

「すげ。ド級の痔と、ド級の生理と、どっちかな。それか酒飲みすぎて血ぃ吐いたとか？」

「その三つ同時とか……」

私も馬車道も、そんなはずはないとわかっている。

「床ってもう掃除したの？」

馬車道はあたかも探偵を気取るように、目を細めて「現場」を眺める。

「いや、してないけど……」

このとき、私は彼女の真意をはかりかねた。

「個室がこんなに血だらけなのに、床とか洗面台には血の一滴も散ってないって、不自然だよな」

たしかに。ふいに、単なるやっかいな汚れにしか思っていなかったそれが、なんだか恐ろしげになる。

「個室で殺して、死体をバラバラにして、トイレに流しちゃった……？」

見れば見るほど殺人の現場に思えてくる。私はとっさの思いつきを口にした。

「バカじゃねぇの」

いつの間にか馬車道は隣のほうの個室に入っていて、用を足し終えている。洗面台で手を洗うまで私のほうを振り返らなかった。

「じゃーね。がんばってね」

彼女は吐き捨てるように言う。えっ、待ってよ。もう帰っちゃうの？

いまさらその背中を追うこともできなかった。私はふたたびブラシを摑み、掃除を再開する。結局それを綺麗にするのに、勤務時間のほとんどを費やすことになった。

奴がこのシーンをあえて描写したことの真意はわからなかった。この作家は素顔や年齢、性別といった個人情報を明かさないかたちで作家活動を行っていた。今は別に珍しいことじゃない。

あいつは私小説のフィルターを通じて、辛く苦しいものだった過去のできごとを美化しようとしているのだろうと考えていた。豪戸の町は治安が悪いもののスリリングで、刺激的な出来事がいつも起こる。友達は少ないけれど、ハスミンはかわいいし、馬車道ハタリはエキセントリックで面白い。そういう充実した青春を捏造して書いているわけだ。

実際のところ、私たちはそこまで仲が良かったわけじゃない。作家を目指していたとき、この……萩《はぎ》とお互いに自作を見せ合ったことはある。ただ、それも実際にやったのは二、三回くらいなものだ。高校には文芸部がなかったから、申し訳程度の代替案として……。

「文体を変えてみたんだけど、どうかな？」

萩は五十枚くらいのコピー用紙に印刷してきた原稿を見せてくる。

「悪くないいんじゃない」

いちおう斜め読みして、そう答える。「素人どうしで読み合いっこしてるヒマがあったら、一冊でも多く読んでインプットを増やしたほうがマシだ！」と、あの私小説に出てくる馬車道ハタリだったらそう言ってその毒にも薬にもならない原稿をビリビリに破いてみせるだろうが、現実の馬車道もとい山田モモはそれなりに人に気を遣うので、社交辞令を使う。

「屈託のない意見がほしくて……」

「屈託なく、悪くないと思ったよ」

萩はなかなか引き下がらなかったのを覚えている。馬車道は返答に困った。私小説の中のハスミンだったらその様子を楽しそうに眺めているだろうが、実際はそんなことはない。彼女はそれほど付き合いがいいほうではなかった。いろいろ忙しかったのだ。

萩の態度に苛立って、つい思ったことを正直に言ってしまった気がする。なんて言ったっけ。えっと……。

そうだ。

「漢字を開きすぎててなんかムカつく。こんな不快な文体は誰も評価しない」

思えば、自分は普通にこういう口調でしゃべるような奴だった。私小説の中のデフォルメされた馬車道ハタリは、そこまで誇張されているわけではない。

「それはあえてだよ、音の響きに意味を持たせたくて」

望み通り屈託のない意見を伝えたのに、萩は不機嫌になってくい下がってくる。自分も、当時は常にムカついていた。そんな態度を笑い飛ばす余裕すらなかった。

「お前の文章は言葉遊びができるレベルにまで達してないよ。糸井重里かてめぇは」

なんでこんな言い方しちゃったんだろう。それ以来あいつは私に小説を見せることはなくなった。今となっては、いちおうあいつは小説家として活動できていることに間違いはない。

みじめな話だ。萩のデビュー作はまだ読む気になれなかった。聞いたことのない出版社から出ていて、大ヒットというわけではないらしい。それでも成功は成功だ。

清掃員は暴力の痕を黙って掃除する。そのほかの連中は、それを見て見ぬフリをする。

故郷はそんな町だった。

駅前の不潔で蒸し暑い公衆トイレに足を踏み入れると、そんなことを思い出す。

リニューアルして過去を捨てたはずなのに。ささいなことをきっかけに、頭が勝手に記憶を引き出してくる。はやく自転車に乗って、邪魔な思考を吹き飛ばさなければ。

個室に入ろうとしたとき、後ろから声をかけられた。

「あの!」

その口調には怒気を含んでいる。鏡ごしに顔を見てから、振り返る。怒りが八〇パーセント、恐れが二〇パーセント。高校生のころの自分も、常にこういう顔をしていたはずだ。

「どうしました?」

「あなた、女性ですか」

「なんだよ……。いったいなにが言いたいんすか」

言わなくてもわかると思うが、ここは女子トイレだ。

「あなたの骨格は女性だと思えないし、不自然な形状をしている……ここから出て行ってください」

ああ。馬車道は口を閉じて溜息を吐きながら、やれやれと思う。十年以上ずっと自転車に乗り続けていただけあって（自分で言うのもなんだが）膝の筋肉はかなりのものだし、日常的にサドルにまたがるからほぼパンツルックだ。身長も平均よりかなり高い。今は髪をかなり短くしているので、男性と見間違えられることがたびたびある。服もメンズのオーバーサイズだし。

いや、かと言って何様だよお前……。めさすぞ！

「骨格て。お前眼球からX線出してレントゲン見れんのかよ」

失礼な態度には失礼な態度をぶつけるのが一番いい。萎縮して黙るのが一番よくない。

相手はややうろたえた。

相手はアンドロイド手術によりX線カメラを内蔵した目をギョロギョロと動かす。ウィン、ウィン、ウィイン……ピピピピッ！　ピーピーピー、ボンッ！

機械がオーバーヒートを起こし、彼女は爆散した……。

なんてことはない。ただならぬ雰囲気を感じ、馬車道は想像上の悪ふざけをやめる。

「怖い。正統な女性であると証明できないなら、出て行って」

「ど、どういうこと？　見てわかんない？　あ、わかんねーから言ってんのか！」

馬車道は両腕を広げる。そうそう、ハスミンじゃないが、昔から他人に人称代名詞を取り違えられることがたびたびあった。馬車道はうろたえながら思い出す。あまりに対応が面倒で、声をかけてきた知らないババアに下半身を脱いで見せつけてやったことがある。今はもうもちろんそんなことはしないけど。

ハスミンはきっともっと苦労しただろう。彼女の通う高校の制服のブレザーが男女共用だったのはせめてもの幸いだっただろうか？　いや、あんまり勝手なことを考えるもんじゃないな。彼女の私服はとても派手で美しく、要するに「キャンプ」だった。一面にちりばめられたラインストーンのギラつくセーターとか、ネコ耳のついたニットとか、度が入っていない大きな丸メガネとか、恐竜のマスコットがついたサコッシュとか、彼女はいつも子ども服みたいなのを着てた。それらはえてして彼女の体格にしてはサイズが小さすぎるのだが、それがむしろかわいかった。

人間らしさとはつまるところ「不自然さ」であって、サイズの合ってない服を着ることだ！

「話、聞いてる？」

馬車道はハッとする。いつも深刻な場面で物思いにふけることに夢中になって、目の前のことをそっちのけにしてしまう。単なる悪癖とみなして笑い飛ばすこともできなくはないが、ひとりで働くようになってからはさらに顕著になり、生活に支障をきたすまでになった。だから通院もしてるし、集中力にまつわる薬も処方されている。

あ、そういえば、昨日は飲み忘れてる……。

できの悪い脚本にまれにある、物語の進行を阻害する、余計な回想シーン。それに似てる。名付けるなら、そうだな……回想症候群《フラッシュバックシンドローム》だ！

「なんにしろ、ここってお前の私有地じゃないから」

馬車道は相手を無視して個室に入ろうとする。

「近づかないで」

相手は声を荒げる。近づいてないよ。

「え、要するに……」

馬車道は言う。

「私の身体が見たいってことなのか？　胸とか……股間を？」

馬車道はデリバリーバッグからスマホを取り出す。実際にそうするつもりはないが、スマホを相手に見せることで通報の意思をちらつかせた。

相手は睨みつけることをやめない。なにをそんなに怒り、恐れているのかわからなかった。というか、そろそろ用を足したいのだが。腹が痛い。

「初対面のサイコに見せるわけないだろ。お前自分がなにしてるかわかってんの？」

馬車道はにじり寄る。

「やだ、怖い怖い怖い！」

「勝手に絡んできて勝手に他人のヴァギナを見たがって勝手に怖がるな！」

「出てけ！」

相手は叫んだ。額が汗ばんでいる。

「てかコカインやってる？」

直後、なにかが部屋中に聞こえはじめる。

湯が沸く音だった。怒りのメタファーじゃなくて、本当に聞こえている。

「え？」

馬車道は目を瞬かせる。

相手はそれを気に留める様子はない。怒りと恐れに満ちた顔つきをしながら、拳を握って突っ立っている。

「ちょっと、見て！　沸騰してる！」

馬車道はためらわず、便器の前にかがみ込んで中に溜まった水に指を突っ込んだ。刺すような痛みとともに反射的に引っ込める。熱湯だ。湯気も立っている。

どういうわけか、便器の水は沸点に達している。

「お前の骨格は異常だ。異常なんだよ……」

「さっきから骨格ってなんだよ！　つーか仮にそうだったとしても知らねーよマジで！　いいから見ろ！　それどころじゃねーんだって！」

馬車道は声を張りながら手元のスマホを操作して「トイレ　水　沸騰」と検索する。めぼしい情報はなにも見つからない。

パキリ、と陶器が割れる音がする。便器が熱に耐えられなくなったらしい。部屋中に立ち込めはじめた湯気が天井の換気扇へと吸い込まれていく。建物の温度が上がっているわけじゃない。この中にある水の温度だけが、急激に上昇している。

もしかしたら、なんらかの理由でここらへんに通る配管の温度が急上昇しているのかもしれない。便器だけでなく、蛇口も破裂する可能性がある。

「危ないよ！　そこから離れたほうがいい！」

入口付近の洗面台のそばにいる彼女に向かって言う。

相手は目をかっ開いたまま、馬車道に指をさす。

「善良なフリをするのをやめて出ていけ！」

この事態にいっさい動揺もしないし、興味も示していない。

「してねーよ！　お前こそコカインをやめろよ」

破裂音がして、反射的に一瞬目を閉じる。なにかが床に転がってきて足に触れた。配管のボルトが弾け飛んだようだ。

束の間、相手がきびすを返すのが見えた。用も足さずにその場から駆け出していった。

「お前が出て行くのかよ！」

ハンドバッグが洗面台に置いてある。彼女が置き忘れていったものだ。

「忘れ物……」

相手はもう戻ってこない。口が開いたままのそれを持ち上げたとき、中から一冊の文庫本がこぼれ落ちる。

馬車道はもう少しここにとどまって、この異様な一部始終を見届けたくなった。

しかし、相手が出て行ってすぐ、部屋に蔓延する音は聞こえなくなった。コンロの火を消したように、水の沸騰はしだいにおさまっていく。

「どうしちゃったんだ」

めちゃくちゃすごい現象を目の当たりにしたのに、動揺しすぎてスマホで動画を撮ることを忘れていた。思い込みや幻覚なんかじゃない。陶器はひび割れたままだし、配管の何カ所かは膨張したままだ。どんなワードで検索してみても、この状況に当てはまる現象は出てこない。びっくりした！

いよいよ、本当に頭がおかしくなってしまったのだろうか。

馬車道は気持ちを落ち着かせながら、相手が置いていった文庫本を拾い上げて表紙を見る。

『スケルトン占い・入門』

黒地の表紙には指紋が目立ち、よく読み込まれていることがわかる。白抜きで骸骨が描かれているもののホラー小説ではない。なので中を読んでもいい、と馬車道は結論づける。

ページにはカラフルなフセンがいっぱいついていて、角を内側に折り込んだドッグイヤーもおびただしい。本文にはマーカーが引かれていないセンテンスのほうが少ないくらいだった。切羽詰まった受験生がやりがちな失敗だ。教科書や参考書にマーカーを引きすぎて、どれがもっとも覚えるべき重要なことか、逆にわからなくなってしまう。

前半のページでは、人体のあらゆる骨の構造や名称が図説されている。第一章は骨格について三十ページほど、第二章は頭蓋骨について五十ページほど使って説明されている。本文に「風水的」とか「幸運」とか「エネルギー」とか「ネアンデルタール人」とか「大和民族」とかの単語が頻出することからわかるように、学術的に使えるものではない。子ども向けのオモチャだ。

「ぜってーコカインやってたよあいつ。あいつの頭がおかしすぎるあまり周囲のエントロピーに影響を及ぼし……」

ひとりごとを漏らしながら、文章に目を落とす。

手相や血液型占いの骨格《スケルトン》版らしい。提唱者は、整形外科医と人類学者を名乗るふたりの人物だ。骨格および頭蓋骨のかたちから潜在的なパーソナリティを判断し、運勢を占う。皮膚や顔、髪型と違って骨はたやすく変えることができないものだから、骨は嘘をつかない……なので骨格を調べれば、その人間のすべてを読み取れるのである。序章にそういうことが書いてある。

「今日のラッキー頭蓋骨は〜？　頭頂骨がやや窪んでいるあなた！　思い切っていつもと違うファッションをしてみるのが吉。思わぬ出会いに期待できるかも！」

実際にそんなことは書かれていないが、要約するとこうだ。

こんなのティーンエイジャーの間で流行るわけがない。キモすぎるしわかりづらすぎる。骨格に良し悪しがあるとすれば骨密度の分量くらいで、吉とか凶とかはないんで……。似合うファッションを考えるのには役立つかもしれない。でもそんなのアテにしなくていい。着たいものを着ればいいんだ。着たくない服など死んでも着るな。

「乳製品メーカーのマーケティングとかなのかな？　カルシウムを取ろうって」

奥付を見ると、この本は十回も重版されているらしい。嘘だろ。著者の名前もまったく知らなかった。母島社《ははじま》……とかいう無名の出版社から、知らないベストセラーが出ている。ジュンク堂とか紀伊國屋とか行ったら平積みで置いてあるんだろうか？

パラニュークの新刊本を買うついでに、眺めに行ってみよう。

ここまで考えて、馬車道は息を吐いて思考をやめた。沸騰のことより、とりあえず今はこっちのことを考えることにする。ふたつ以上のことを並行して考えるのは自分には無理だと、過去の経験から知っている。

「骨格主義者……スケルティストめ」

馬車道は存在しない言葉を口にした。

バッグの中を見てみる。財布や日用品のほかに、もう一冊ある。『秘密の骨格』というタイトルの、同じような文庫だ。バッグを洗面台の上に置き直す。『スケルトン占い』の文庫本とともに、その文庫も持ち去ることにした。届けてやらない。汚品だがブックオフで売れば……自販機で飲み物くらい買えるかな？

（第三章）ジャック・ケッチャムホラー小説新人賞

かつてもっとも入れ込んでいた新人賞を公募していた文芸雑誌がある。多くのセンスある新人がこの雑誌からデビューし、人気作家を何人も輩出している。

オーダーがアプリに入る前の待ち時間に、それの最新号を手に取る。仕事の休憩時間に読もうと思っていたパラニュークの小説は、けっきょく我慢できなくて買ってすぐ読み切ってしまった。

金のなさは痛いほど自覚しているのに、休憩に使う本代やコーヒー代を節約しようとはどうしても思えない。だからこんななのか？

馬車道はドトールコーヒーのテーブル席に座って、雑誌の最新号をめくる。今月号はJ・ケッチャムホラー小説新人賞の受賞作が掲載される。この賞の受賞作だけはどうしてもチェックしたかった。

今年の受賞作『ペイルランナー』を書いたのは八十五歳で、歴代最年長の受賞者らしい。小説を書くのは初めての経験だというのだから驚きだ。年齢にふさわしく、

「老い」の恐怖をテーマにした静謐なホラー……などではない。あらすじを読むかぎりではフリードキンの『恐怖の報酬』を思わせるような、危険な仕事に挑むことになったドライバーの話らしい。超アグレッシブでスリリングなエンターテインメントじゃないですか！

さっそく本文に目を通す。

馬車道はすぐにそれに夢中になって、思わず注文を待っていたデリバリーアプリをオフラインにした。今日の仕事はこれでおしまい。それどころじゃない！

馬車道はその小説から目を離せなくなった。書き出しから釣りあげられた。

新人とは思えないような卓越した情景描写、年寄りが創造したとは思えないようなフレッシュな人物造形。メリハリのあるプロットに、いっさい躊躇のない暴力・人体破壊。ホラーのクリシェを効果的に用いつつも、逆手に取ってくる。ユーモアも冴えている。戦慄と笑いが交互にやってくる。物語のスケールはどんどん大きくなっていき、バシッと決まる伏線回収！　そして、現代の病理に切り込むテーマ。それだけ詰め込んで、中編サイズの枚数にまでソリッドに文字数を刈り込んでいる。

「面白すぎる」

馬車道は『ペイルランナー』を読み終え、頭を抱えて項垂《うなだ》れた。新人作家の名前は金城和《かねしろなご》というらしい。和《なご》むの「和」で、ナゴと読ませる。いいペンネームだ。もしかしたら本名かもしれないが。

小説本文に加えて選考委員たちの選評があり（受賞にはかなり賛否が分かれたらしい。あんなに完璧な小説なのに！）、その後ろには金城のインタビュー記事も掲載されている。Ｚｏｏｍを使ったオンラインインタビューだ。馬車道はさっそくそれに目を通す。どうやってここまで完璧なエンタメ小説を書き上げた？

金城はスティーヴン・キングやジム・トンプソン、ラヴクラフト、平山夢明に楳図かずお、トビー・フーパーやダリオ・アルジェント、デヴィッド・リンチらからの影響をとうとうと語る。同じようなものを読み、観てきたはずなのに、自分は彼女のような作品に昇華させることができなかった。読み解きの深みが違ったというわけか。

小説のいいところは、どのような立場であっても作ることができること。子どもでも、死にかけの年寄りでも、小説を書くことはできる。食うに困っている貧乏人だろうが、小学校も出ていない田舎者だろうが、想像力と読み書きの能力さえあれば、小説は書ける。

刑務所の中にいたって小説は書けますよね。語尾に（笑）をつけて、金城は語ってみせる。

金城は小説を書こうと思い立ったきっかけを尋ねられた。長年連れ添った配偶者に先立たれ、やることがなくなったので書いてみることにした。もともとホラー小説や映画が大好きだったので、そのジャンルに挑戦した……と答える。

「なんか普通だな」

いかにも高齢女性がなにかを新しくはじめるときに言いそうなことだ。本人が自らそう語っているのに、なんか言わされてる感があって嫌だった。

まぁ、実際にそうなんだろうね。

馬車道はインタビュー記事を隅々まで読んだ。「もっとも好きなホラー作品は？」という質問に、金城は『ジョーズ』と答える。


かなり痺れた。雑誌を読み終えて感傷に浸っていると、テーブルの上に置いていたスマホが振動した。アプリをオフラインにしているから、デリバリーの注文ではない。メールだ。メルマガや広告以外で届くメールは、いまのところ一種類しかない。『ニュー・サバービア』の初稿だ。

馬車道のもとに定期的にテキストのファイルが届くようになってから、半年ほど経った。

見知らぬアドレスからある日送られてきたそれを、怪訝に思いつつも、タップしてファイルを開いてみた。警戒心よりも好奇心のほうが勝るのも、昔からの習性のひとつだった。タイトルは『ニュー・サバービア』。文章のデータだった。一行目に記された表題を初めて目にしたとき、彼女の心臓は跳ね上がった。

サバービア？　サバービアって、あのサバービア？

彼女たちにとって、それは「郊外」を意味する一般名詞以上の意味を持っていた。頻出する誤字に苛立ちながら本文に目を通すと、これが自分のもとに送られてきたのは単なるネットワークの特異な不具合ではないらしかった。文章のデータは創作的な文章、つまり小説だった。

「馬車道ハタリ」とか「ハスミン」とか、自分たちをモチーフした人物が登場して、身に覚えのあることをやっている。固有名詞は伏せられているが、豪戸町を舞台としていることも明らかだった。

要するに、何者かが自分をモチーフにした小説を書き上げて、定期的に送りつけてくる。文学者を気取った一種のストーカーなのか？　とも思ったが、それとも訳が違う。

送られてくる小説は推敲や校正がされていない「初稿」だった。それが後日、ちょっとマシな状態に直されて、とあるWEBサイトに掲載される。馬車道の知らない出版社が運営しているサイトだった。どういうわけか作家と編集者間のやりとりのメールが自分にも届いており、誤字まみれの得体の知れない連載原稿を、掲載前に読むことができる状況下にあるらしい。メールを受信拒否にしたり、発信者に連絡を入れて誤送信していることを伝えることもできた。なんなら、自分を無断でモデルにしていることで訴訟を試みてもいい。むしろ、そうするべきだ。でもそうはしなかった。気がかりなことがあまりにも多すぎた。美化された豪戸町の風景に、自分やハスミンの描写。そして、作者兼視点人物の、「私」こと「萩由宇」という作家……。すかさずネットで検索してみると、かすかな情報がヒットする。ぜんぜん有名じゃない出版社からデビューした作家で、今は母島社という出版社の媒体で私小説を連載している……。

素顔や年齢や性別などは公表していない。しかし、この人物の正体は明白だった。私と、ハスミンと、あともうひとりの……あいつ。

今回もいつものように、連載分の短い原稿が送られてくる。

恐れていたことがついに起きた。連載はクライマックスに近づき、時系列は例の原発の事故……洪水のすぐ後に起こった、それが近づいてくる。そしていよいよ、萩はそれを小説に描写した。

サバービア！

これまでの法則から、初稿の送信から一週間くらいでＷＥＢ媒体に掲載される。それだけは阻止しなくてはならない。どうせ誰も読まないような連載だけど、それだけは光の当たるところに出しちゃダメだ。

そう約束したじゃないか！

馬車道は萩の居場所を突き止めることにした。そして、その小説の掲載を、殺してでも止める。

（第四章）フラッシュバック・シンドローム

馬車道ははじめてそのメールに返信した。なにも返ってこない。

翌日、馬車道は駅の喫煙所でガラムと会った。萩由宇という作家の小説を知っているか尋ねてみる。

ガラムはあー、となにかを思い出すそぶりをしたのち、口を半開きにする。

「当時ちょっとだけ話題になりましたね。大学在学中に受賞だっけ。でもそのあと次回作を書けてないから、もうみんな覚えてないんじゃないかな」

「読みました？」

「いちおうね。でもあんまりっすね。作者の被害者意識みたいなのが滲み出てて、そういうのは好みじゃないです。あーでも、言うほど内容覚えてないな。正直どうでもいいです」

「そっかー……」

「あくまで自分の感想ですからね。つまんなくはないと思いますよ。ウチは嫌いってだけです」

話したいのはそういうことじゃない。馬車道は用意してきた話題を切り出すことにする。

「その作家ですけど、そいつが今連載してる小説に、無断で私のことが書かれてるんですよ！」

ガラムはガラムの煙をふーっと吐き出す。

表情に深刻な雰囲気が浮かびはじめる。

「あの……。気ぃ悪くされたら申し訳ないんですが、しばらく仕事休んでゆっくりしはるか、カウンセリングを受けることを勧めます」

「違うんですよ、妄想に取り憑かれてるとかじゃなくて……現実との区別が曖昧になってるとかじゃなくて……」

「その作家が、あなたの頭の中から情報を盗んだと」

『インセプション』みたいに、とこめかみを指さしながらガラムは余計なことを言う。

「そう！　こいつは私のことを勝手に」

ガラムは灰皿で火をもみ消した。

「誰にだってそういう時期はあります。それを乗り越えられるかどうかが、一皮剝けるための試練でしょうね。頭を冷やすべきだと思いますよ。取り返しつかなくなる前に」

ガラムは喫煙所から出て、自転車にまたがろうとする。

「あ、ちょっと待って！　もう一個話したいことが」

「なんです？　オーダー来たんで、そろそろ行きますよ」

「最近すげーものを見たんですよ。あそこにあるトイレの水が急に沸騰して」

馬車道は喫煙所から見える公衆トイレに指をさす。

ガラムは答えず、自分のこめかみに人差し指の先端を当てた。頭を冷やしてください、ということだ。自転車を走らせる。ガラムの姿は人混みにまぎれてすぐ見えなくなった。

「困ったな……」

またコミュニケーションに失敗した……。もっと簡潔に要点を説明するべきだった。どういうわけか自分のもとに自分の記憶をモチーフにした小説が送られてくるとか。

連載では、壕戸町で暗躍するカルトと接触するエピソードも書かれていた。

実のところそんなものは存在しない。少なくとも、自分たちのようななんの変哲もないティーンエイジャーを陰謀に巻き込んで付け狙うような愉快な団体なんてものはない。いちおう地元を母体とするケチな宗教法人はあったが、あくまで脱税を目的とした詐欺師の集まりのようなものでしかなかった。

季節が変わったころ、『ニュー・サバービア』の連載では大洪水で町がめちゃくちゃになったときの様子が書かれた。これは事実に基づいている。道路が浸水して、家や物が流されて、電気やガスが止まって、人がたくさん死んだ。壕戸町はとくに被害が深刻で、結局最後まで元には戻らなかった。


「この仕事、今日でやめるんすよ」

喫煙所でガラムが言う。

「そうなんですか」

そりゃあ、一生やり続けるような仕事じゃないもんね。

「就職、決まったんで」

「おめでとうございます」

私もちゃんとした仕事を探したほうがいいのかな。きっとそうなんだろうな。

「会うのもこれで最後だと思うんで、これ。どうぞ」

ガラムがなにかを手渡してくる。未開封のガラムのパッケージだ。

「どうも……」

「かなり人を選びますけど。思い出として、ね」

馬車道は素直に感謝をもってそれを受け取ることにした。

「じゃあ、私も」

くしゃくしゃになったパッケージをデリバリーバッグから取り出す。新品と吸いかけ、どう考えても等価な交換ではないが、ほかに持ち合わせがなかった。

ガラムはそれを受け取ってくれる。パッケージの商品名に目を落とし、銘柄の名前を読み上げる。

「プラシーボ」

プラシーボは人気も知名度も乏しい。取り扱っている店も少ないが、馬車道のお気に入りだった。形容しがたい、変な風味がする。そのくせ割高だ。バカしか吸ってない。

「じゃあ、また」

ガラムは自転車を蹴ってどこかへ行った。もう二度と会うことはないんだろうか。
ガラムからもらったそれに火をつけて、吸い込んでみる。
馬車道はむせて激しく咳き込んだ。

（第五章）スケープゴート

嘘と誇張にまみれていたが、あの小説は少なからず事実に基づいている。文章内に馬車道ハタリとハスミン以外の固有名詞がほとんど登場しないのは、訴訟をかわすためなのだろうか。ネットで小説の評判を検索してみる。めぼしい反応はほとんど見つからない。誰も読んでない。大丈夫か？

馬車道は自宅の姿見に映る自分の姿を見て、辟易する。
壕戸町のマスコットキャラクターに、ヤギのゴートくんというやつがいる。町の名前に由来する、取るに足らないダジャレだが、都市生活者が使う電気のためにリスクをおっかぶる地元住民の性質を秀逸に表しているともいえる。いけにえのヤギは自分の立場に抗議したりしない。逃げもしない。全力で走ってそこから逃げ出せば生き残れるかもしれないのに、ヤギは……あの町の住人はそんなことはしない。未知の世界である外にひとりで逃げるより、仲間と一緒にエサをもらって小屋の中で生きて、殺されるほうがいい。

「私はヤギじゃない」

ゴートくんのデザインは自治体が町民を対象に公募したもので、十件くらいの（!）応募作から選ばれたのは地元の中学生の作品だった。たまたまではなく、彼は町への明確な皮肉として「スケープゴート」を連想させるデザインを忍び込ませた。馬車道はそうあってほしいと考えている。そのほうが希望がある。

今も部屋着に使っている、高校のときの部活Tシャツにはゴートくんのイラストがプリントされている。『ニュー・サバービア』に登場する馬車道ハタリは過度にこだわりが強い人物として描写されていた。萩の服装にケチをつけたりするシーンもあった。そういうことも実際にしていたかもしれないが、作者はニュアンスを取り違えている。馬車道が憎んでいたのは外見のダサさではない。

このTシャツだって、部屋の中で着るぶんには別にかまわない。

ベトナムやバングラデシュの子どもや女性を非人道的に働かせて安価な商品を売る、ファストファッションの搾取構造に加担したくはない。するべきじゃない。でも、一週間ぶんのちゃんとした衣服を買い揃えられるだけの金があるわけじゃない。学生のころは古着を集めたりもしたけれど、今はもうそんな元気もなくなってしまった。妥協することに慣れたら終わりだ。

「安くて質のいいもの」はおしなべて人権を侵害することによって生み出されている。そんなものを手にしたくない。でも、それを手にしなかったら飢える。死ぬ。


自転車に乗っていないとき、自分は生きていない。馬車道は自覚している。サブスクサービスもぜんぶ解約して、家にいるときは最悪な部屋着を着ながらぼーっとしているだけ。趣味なんてない。十代のころに、ああなったら終わりとみなしていた人間そのものになってしまった。


馬車道はベッドに寝そべりながら、便所の女が忘れていった『スケルトン占い』のページを戯れにめくってみる。

十種類の骨格・頭蓋骨タイプは、外見や感触から分類できるらしい。

馬車道が当てはまるのはタイプDだった。肩甲骨が浮き出ていて、撫で肩であり、骨盤があまり広くない骨格。Dの骨格の持ち主は正義感が強いかわりにカッとなりやすく、他者への共感能力に欠けている傾向がある。

「バカがよ」

毒づきながら、次の章の頭蓋骨のページに向かう。

全体的に小さめで後頭部がやや浮き出ており、上下の顎が少しずれている頭蓋骨はタイプCだ。Cの頭蓋骨は衝動にまかせて行動する、暴走型の思考を持つとされている。

「なんか気分が悪くなってきちゃったな」


充電器を差して床に置いていたスマホが振動する。

『ニュー・サバービア』の作者からメールが返ってきた。やはりメールのミスではなくて、萩は意図的に馬車道に原稿を送っていたらしい。

家に来てくれないか、と奴は言う。

「お前が来いよ」と馬車道は返信するが、わけあって自宅を離れられない、の一点張りだった。共有された住所を検索してみると、そのアパートの外装には見覚えがあった。何度かデリバリーしたことがあったはずだ。


今すぐにでも向かわなくては。ゴートくんがプリントされた部活Tシャツ、しかも背中にYAMADAとゴシック体で書かれてもいるそれを着て外に出るのは耐え難い恥だが、この際割り切るしかない。生憎《あいにく》、すぐに着替えられるような服を切らしていた。どうせ自転車に乗って汗だくになる。

アパートに面した国道はいつも人や車の通りが激しいが、深夜帯だけは別だ。思いのままにかっ飛ばせる。

馬車道が本を読むことと同じくらい自転車に乗ることを愛していたのは、ひとえにそれが自由な行為だからだ。ペダルを踏んでいる最中の人間を邪魔する奴はいない。誰も話しかけてきたりはしない。

高校生のときに買った自転車を、パーツを取り替えたり部品を修理したりして乗り続けている。地元から引っ越すときにも持ってきた。置いてきたほとんどのものはすべて消え去って、残っているのはこのゴートくんTシャツと自前の自転車だけだ。

奴の住んでいるらしいアパートは馬車道の自宅からさほど離れていなかった。電車を使わずとも、自転車で二十分ほど走れば辿り着く。一階のフロアには美容院が入っているらしい。デリバリーバッグを背負ったまま、階段を登る。いちおう、デリバリーバッグには申し訳程度の道具としてスパナを入れてある。自転車の整備のための小ぶりなものだ。どんなタイプの頭蓋骨であったとしても砕くことはできないだろうが、丸腰で行くよりは多少マシだろう。


馬車道はインターホンを鳴らした。

しばらく待っていると、チェーンをかけたままの扉が開く。扉の隙間から奴がこちらを覗き込んでくる。萩はじっと馬車道を見つめる。今、目の前にいるそれが本物の馬車道ハタリであると認識するのに時間がかかっているようだ。

馬車道の着ているTシャツに描かれたゴートくんを見て、合点がいったらしい。チェーンが外される。

こいつ、こんな顔してたか？　いつもこの世の終わりみたいな顔をしてたにはしてたけど、こんなにも？

「死体みたいな顔だな」

呆然としてなにも考えてなさそうな目をしている。おまけに部屋にはなんだか不快な匂いが充満していた。掃除してないのか、いくらひとり暮らしとはいえ不衛生すぎる。馬車道は眉をひそめるが、それについてはとくに言及しない。

「その、説明しなきゃいけないことがあって」

馬車道の発言を先回りしようとしたのか、『ニュー・サバービア』の作者はそう言った。扉の隙間から見える部屋は殺風景で、中にあるのは必要最低限の家電くらいなものだった。曲がりなりにも作家なのに本の一冊もない。とことんものを書くという行為を愚弄している。

「私は田舎の公民館みたいなスペースに住んでる奴を人間とはみなさない」

なぜか大きな空気清浄機が三台ある。なにをそんなに気にしているというのか。

「えっと、あの……入って。すぐに」

萩はなにかに怯え切っているようだった。馬車道は部屋に上がり込む。

部屋の中を見回す。奥に二メートル四方くらいの箱があるのを見つけた。それには光を遮断するように黒い布が一面にかけられていた。


箱に近づいて、布に手をかける。萩はその様子をじっと静観している。

その中になにが入っているか、馬車道には見当がついていた。

うしろを振り返らず、布をはぎ取る。

その箱はガラス張りのケージだった。中にいるそれと目が合う。

「サバービア……？」

萩はゆっくりと部屋を移動する。馬車道の背中に近づいてきているのがわかる。フローリングに足を引きずる音が聞こえる。左足をほとんど動かしていない。

これは昔からだ。『ニュー・サバービア』の視点人物は陸上部に所属していたり、なにかやっかいに巻き込まれて逃げたり走ったりする。それがいちばんの脚色であり、嘘だ。あの小説は明るいムードではなかったけれど、多分に著者の理想が反映されていた。

馬車道ハタリはあんなにチャーミングで会話不能な感じだったわけではない。なんでもかんでも口に出してしまう悪癖をカリカチュアして書いているだけだ。ファミレスもフードコートもすぐに潰れたし、陰謀ひしめくおもしろカルトなんてないし、ハスミンは「急にいなくなった」なんて書いてあるが、実のところ私たちのせいで死んだ。

昔……。

壕戸町に市民プールがあった。二十年近くも前に、なにもかもどうでもよくなっちゃった男がいた。あの町の住人だ。そいつは職員のフリをして中に入り、屋外のプールサイドにガラスの破片をありったけばら撒いた。

雑な犯行なのに、誰も気づかなかったらしい。もしくは、見て見ぬフリをしていたのかも。

開場と同時に、何人かの子どもがはしゃいで屋外プールへと駆け出していく。何人かが小さな破片を踏んで、泣きじゃくった。

そういう事件があった。逸脱したうえで子どもを泣かせることくらいしかできない、つまんない奴が起こした、つまんない犯罪だ。

男も想定外だったが、たまたま一枚だけ、非常に鋭利なガラス片があった。

それを深く踏んで一生ものの傷を負うことになった不幸な子どもがひとりだけいた。皮膚を貫いて、肉を切り裂きながらガラスは柔らかい肉体にめり込んだ。抜き取って消毒するための処置が遅かった。

傷は治ったが、慢性的な痛みはずっと残り続けた。介護やサポートが必要なほどではないが、全速力で走ることはままならないし、歩き方も不恰好になる。

山岳地区の田舎に住む陰気な子どもにとって、それがどれほどやっかいな足枷《あしかせ》になるか、想像に難くない。

なんでそれを書かない？

自分だったら……馬車道は思う。捏造した思い出で私小説を書くくらいだったら、自分自身のことについて書く。それほどの不運をおっかぶったなら、そうする。それこそがリアルであり、オリジナルだ。想像力よりずっと強いパワーなんじゃないのか？　私はそのパワーを持っていない。だからいつもなにかが足りなかった。

「お前にしか書けないもの、いっぱいあったと思うよ」

だからこそ書けない？

「わかってる」

馬車道はかがんだまま、ガラスの箱をじっと見つめ続ける。こいつはカルトや洪水や原発事故なんかより嘘っぽいんだけど、本物だ。

馬車道のことを思い出したかのように、サバービアが口を開いた。

（第六章）ワニワニパニック

町はずれのバス停でバスを待っているときのことだった。この地域では一時間に一本来ればいいほうだ。地域でいちばん大きな書店に行った帰り、直前のバスに乗りそびれた馬車道たちはとてつもない長さの待ちぼうけを食らうことになった。「壕戸発電所前」に「壕戸駅」行きのバスが来るのは七十分後らしい。近くに時間を潰せる店のようなものはない。かろうじて視界に映るのは、畑と原発の敷地を囲う蔦の絡みついたフェンスくらいのものだった。近くにラーメン屋があったけど、先月の洪水の影響で閉店してしまった。

おのおのがベンチに座って本を読んだりスマホをいじったりして時間をつぶしていると、沈黙を嫌ったハスミンが会話を切り出してくる。

「昨日テレビで見たんだけど、宇宙葬ってのがあるんだって」

馬車道は手元の文庫本に目を落としたまま、ん？　と相槌を打つ。

「遺灰をロケットで宇宙空間に飛ばして撒くのか」

「そう」

「なんか意味あんの？　それ。わざわざ死人を、金かけて宇宙に飛ばして」

「そんなこと言ったら火葬とか埋葬だって、死んだ人間にわざわざ金かけてそうするわけだし」

「それはそうか……」

いままで黙って本を読んでいた萩が、口を挟んでくる。

「宇宙空間をずっとただよってたらさ、テクノロジーのすごく進んだ異星人に拾われて、遺灰から情報を抽出して復元してもらえるかもよ」

「すげー嫌だなぁ。二回もやりたくねぇよ、人生」

「ハタリはさ、死んだあと、どんな感じで葬られたい？」

ハスミンが言う。馬車道は考えるまでもなかった。

「死ぬほどどーでもいいな……。葬式とかいらないよ。もし臓器とかまだ使えるやつが残ってたらぜんぶタダで配って、残りはそのへんに捨てといてもらうかな」

「それいいね。ぼくもそうしよ」

それから、記憶にも残らないような他愛ない会話が続いた。バスはまだ来ない。ハスミンは催したらしく、トイレに行くといって背後の茂みに駆け込んでいった。

「どこでも好きなとこで排泄できて便利だね。というか、茂みの中で立ちションすることを『トイレに行く』って表現するかよ」

「そんな身も蓋もないことを……」

「でもハスミンは外でも座ってそうだよね。座ってしたら立ちションにはならないか。そういう場合はなんて書きゃいいんだろう」

このころのハスミンはまだ、そうだった。

「小便の話してなきゃダメ?」

萩は精神的に潔癖なところがあって、下品な話題をあまり好まない。だから馬車道はあえてその話題を続けることにした。

「ああ」

「馬車道さぁ……」

『ニュー・サバービア』作中での代替表現だけでなく、ハスミンを含めた彼女らは実際の対面でもペンネームの名義で呼び合っていた。誰も本名を使っていなかった。ハスミンが自分の本名を使うのを嫌っていたからそれに合わせる形でそうしていたのだった。それは悪くないと思う。はじめから勝手についてた名前よりかは、自分で考えたもののほうが愛着があるぶん幾分マシだ。

背後から激しい悲鳴が聞こえた。

めったに声を荒げたりしないハスミンの大きな喚き声だった。

「おっ。なんだと思う？　斜面を滑り落ちたか」

「噛まれた？　ヘビとか」

「原発から漏れ出た放射線に汚染されて誕生した突然変異種のヘビ……ニューク・スネークだ」

「原発の敷地に住み着いてるサイコキラーに襲撃されたのかもよ」

「だったらいいね。殺人鬼に襲われたとしたら、この中で生き残るのは間違いなく私だけどな。ファイナルガール適性があるから……」

ハスミンはなかなか戻ってこない。それに要する平均時間なんて知らないが、立ちションに十分以上かけるのはさすがに長すぎだ。ズボンを下ろしたまま遭難して餓死してるかもしれない。

馬車道は様子を見に行こうぜ、と茂みに向かって行こうとする。

地面に落ちた木の枝や枯れ葉を踏む音がする。こちら側に走って向かってきているようだ。わざわざ走ってバス停まで戻ってきたハスミンは、息を切らしながら馬車道たちに言う。

「ね、ちょっと、来て」

バス停から離れた茂みのほうへ指をさす。

「なんでお前の小便の跡見なあかんねん」

「そうじゃなくて……とにかく、すごいんだよ。マジで！」

ハスミンは興奮さめやらぬ態度で、そばにいた馬車道の腕をつかむ。そのまま、さっきまでいた茂みの奥へと引っ張っていこうとする。

「なんなんだよ！」

ハスミンに連れてこられた茂みの奥、顔にかかる葉っぱをかき分けながら進んでいくと、整備されていない雑草の群生地が広がっている。その先はフェンスに阻まれた原発の敷地だから、これ以上は進めない。萩も脚を引きずりながらゆっくりとついてくる。

それはそこにいた。

一見、黒いヘドロの塊だと思った。よく目を凝らすと、全身にタールを浴びた子どものワニ……みたいな姿形をしているのがわかった。平べったい身体に、短い四肢と長めのしっぽ、細長く突き出た頭部がついている。それだけじゃなく口かエラ、あるいは傷口のような大きく開閉する器官が二カ所ある。それは身体じゅうを不定形に移動しているように見える。

顔にある目（のように見える器官）のうちの片方で、こちらを見つめてくる。得体は知れないが、少なくとも生き物であることは間違いない。

「特殊造形のアニマトロニクスとかじゃ……ないよね」

誰かがここで映画かドラマなんかを撮影していて、それに使った小道具をここに置き忘れていった……いや、さすがにそんなことはないか。

「洪水で流れてきたのかな」

「かもね」


「触ってみてよ」

馬車道は隣にいた萩を肘で小突く。奴はすっかり萎縮している。

「やだよ」

「腰抜けがっ」

馬車道はかがみながら、その生き物にゆっくりと近づいていく。それは微動だにしない。ふたつある器官を開閉させながら、爬虫類的な瞳をこっちに向けてじっとしてている。

それがどんなものなのかまったく計り知れないが、全長は一メートルにも満たない

し、動きはぜんぜん俊敏じゃない。いざとなったらこっちが勝てる。こっちにはふた

りぶんの身代わりがあるしな。

速まっていく呼吸を整えつつ、馬車道はそれに一歩ずつ近づく。

「八歳くらいのころ、生でワニ見たことあるよ。家族で飼ってた犬がいなくなっ

ちゃって、湖にまで探しに行って」

「パラグアイの？」

「そう。犬は湖に落ちて溺れてた。私はそれを引っ張り上げようとしたけどできなく

て。そこに、すーっとワニが泳いできて、一瞬でバクリ！　犬は水の中に引き摺り込

まれて、ぐちゃぐちゃになっちゃった」

ひえー、と萩が意味のない口を挟んでくる。

「濁った水に血がじわーって浮かんでね。なんかうっとりしちゃって、その様子を

じっと眺めてた。そのときのワニよりはぜんぜんちっちゃいよ」

「親にはなんて言ったの？」

ハスミンはその様子を想像して、本気で肝を冷やしているようだった。

「見つからなかったって。喰われるとこ黙って見てたとは言えないからね」

「パラグアイ語で?」

なんだかズレている萩の反応は、本気なのかウケを狙っているのかはよくわからない。

「パラグアイ語なんてものはない」


馬車道はそれに、腕の届く範囲にまで近づいた。その黒い光沢のドロドロとして表面の蠢く身体に、そっと触れてみる。だいたい想像していた通りの手触りだった。粘性があって、どちらかといえば冷たい。触られている間にも、それは微動だにしなかった。なにかに気づいたかのように、少しだけ前脚を動かしただけだ。

「すげっ」

手を離す。指先に黒い粘液が付着している。

「よく触れるね」

奴は馬車道とハスミンの背後に隠れている。なにビビってんの?

「なんともないみたい。ハスミンも触ってみなよ」

「うん」

ハスミンは馬車道と入れ替わるようにして、それに近づいていく。しゃがみこんで目を合わせてから、両手でゆっくりと抱き抱える。

「わ。けっこう重たいね」

ハスミンに抱き抱えられたそれをじっと見る。宙に浮いた後ろ脚をしきりに動かしているのが見える。たまにエラか口が開く。エラ？　ワニにエラがあるかよ。

「けっこうかわいいな……」

「だよね！」

ハスミンはそれをゆっくりと地面に戻す。彼が着ていたTシャツは色が移って真っ黒になっている。よりによって白地を着てくるとは間が悪い。

奴は青ざめている。

「大丈夫？　噛まない？　噛まれてない？」

「指突っ込んでみれば？」

それのエラ状の器官に指をさす。

そうだ、とハスミンは背中に背負ったリュックサックをおろす。中から未開封の潰れたローソンのサンドイッチを出した。買ってカバンに入れたはいいが食うのを忘れたやつらしい。そういうこと、よくある。

「それ食わすの？　あんま良くない気がするなぁ」

口ではそう言ったが、実のところそれの生態をもっと見たくて仕方がなかった。馬車道はハスミンの手からサンドイッチを取って、フィルムを剝いてその生き物の眼下に置く。

その生き物はしばらくそれを見つめる。食えるものなのか判断しているのだろうか。視覚なのか嗅覚なのか、それか……超音波とか。あるいはそのどれでもない感覚。その生き物がどういうメカニズムで動いているのか、まったく判別がつかない。

「あっ。動いた」

わざわざ息を潜めてハスミンが言う。それが一歩前進した。ふたつある器官のうちのひとつで、地面に落ちたサンドイッチに食らいつく。その内側は暗くて歯や舌などは見えない。すぐにサンドイッチはなくなった。

「食ったというか、取り込んだというか……」

「あ、動画撮っとけばよかった！」

かなりすごい光景だったはずだ。映像を録画しておくことに思い至らなかったことを後悔する。

「ハスミン、まだなんか持ってない？」

「もうないや」

馬車道は残念に思う。あいにく、自分も食べ物を持ち合わせていないはずだ。

「お前は？」

萩はかぶりを振る。

「残念だな……なんかないかな」

未知なる生き物の未知なる捕食をもう一度見たくて仕方がなかった。馬車道は淡い期待をこめて、ダメ元で肩にかけていたトートバッグをまさぐる。文庫本、スマホ、家と自転車の鍵、なんのやつだかもう完全にわかんなくなっているぐしゃぐしゃになった紙切れ……もともとたいしたものを持ち歩いてはいない。それらを手に持ちつつバッグの中を探るが、当然、必要なものは出てこない。

「おっと」

不意に声が漏れる。手元が狂って、持っていたカバンの中身を取り落としてしまう。かがみこんでそれを拾おうとしたとき、その生き物がふたたび動く。地面に落ちたもののうち、文庫本と自転車の鍵を見つめると、それに向かって口あるいはエラを開く。

「やべ！」

文庫本と鍵の上に覆い被さると、すぐにそれらを取り込んでしまう。馬車道はあわてて生き物の身体を持ち上げた。それらはもうそこにはない。身体の表面にある口あるいはエラをこじ開けて指を突っ込むが、その中には破片すら見つからない。

「そんな……自転車の鍵喰われちゃったよ。あと本も」

「ノドに詰まらせちゃったりしないかな?」

ハスミンは心配そうにそれを覗き込む。奴も怪訝そうな顔をする。

「鍵はまだしも、文庫本も? けっこう分厚かったよね」

ジョー・ヒルの『20世紀の幽霊たち』は文庫で七百ページ近い分厚い短編集だ。二十作近くの作品が収録されていて、そのどれもが上質だ。緊張感あふれる筆致で描かれた監禁スリラーの『黒電話』に、とてつもなく奇妙でハートウォーミングな友情譚『ポップ・アート』、ロメロの『ゾンビ』の撮影現場を舞台とした、エキストラとしてゾンビの役を務める男の話『ボビー・コンロイ、死者の国より帰る』など……まだ読み切っていないのだが、とても自分好みの小説だった。折に触れて読み返すことになるだろうな、ということがすでにわかる。なによりキングの息子でありながらホラー作家を目指して、ほんとに一流になったヒルって超すごいよね。自分だったらめちゃくちゃ嫌だよ。親が世界でいちばん人気の小説家なんてさ。その状態で作家になろうとするなんて、生まれたときからデカすぎる目の上のタンコブがデフォルトであるようなもんじゃんね。

「ハタリ?」

ハスミンに肩を叩かれる。

「あ、ごめん。ボーッとしてたよ」

そんなことを考えている場合ではない。文庫本くらいあとでもう一冊買えばいいが、自転車の鍵は別だ。家に帰れなくなる!

馬車道は車輪の動かない自転車を引きずりながら薄寒い路地をひとりで歩く様子を想像した。ダルすぎて身震いしちゃうね。

「吐き出せ!」

馬車道はそれを摑み上げる。喉を詰まらせた赤ん坊にするように、揺すりながら首の部分を強く叩く。なにも起こらない。しまいには逆さまにして激しく振ってみるのだが、ときおり脚とかしっぽとかを動かしはするが、なにかを吐き出す気配はまるでなかった。

「かわいそうだよ」

ハスミンが止めに入ってくる。たしかに、このままいくら揺さぶっても鍵を取り戻せるとはとうてい思えなかった。今日は諦めて駐輪場に置きっぱなしにして、翌日にスペアの鍵を持ってこよう。徒歩で歩いたら駅から家まで一時間以上かかる！　最悪だ。

「せっかくだから、写真でも撮ろっか」

「今⁉」

それを抱き抱えたままの馬車道の隣に、スマホを構えたままハスミンがやってくる。内側のカメラを構えて、自分たちをアングルに入れようと腕を伸ばす。ハスミンに促され、萩も画角に入り込んでくる。こいつはいまだにそれにビビっていて、馬車道から距離を取ろうとしている。もっと寄って、とハスミンに言われ、泣く泣く近づいてくる。画角に入るために、ハスミンの足元にしゃがみ込む形になった。

「はい、チーーーーーーーッ」

それを含む全員がカメラの画角に入る。ハスミンはシャッターを切った。

ハスミンだけが屈託のない笑顔で笑っている。センターには得体の知れない生き物がいて、抱き抱えられている。変な写真だ。

撮影が終わると、馬車道はそれから手を離した。手元から落とされて、四本の脚で地面に着地する。けっこうぞんざいに扱われても、とくに動じていないようだ。

そろそろバスが来る。馬車道たちはその場をあとにすることにした。ネットで調べても、それに該当する生物なんて見つけられなかった。バスに乗って駅まで向かい、馬車道はハスミンたちと解散してから徒歩で帰路についた。田舎の中でも特にさびれた地域であるここらへんの道はちょっと休憩がてら寄るコンビニすらなくて最悪だ。田んぼ、ラブホ、パチンコ屋……外灯も申し訳程度にしかなくて、暗い。


そんなことがあった。

ガラスケージごしにそれと目を合わせ、馬車道は過去の記憶を鮮明に思い出す。


それとはじめて出会った次の日、馬車道とハスミンはもう一度集まってその場所へ向かった。駅の駐輪場に停めっぱなしの自転車を回収するがてら、「壕戸発電所前」のバス停へと向かう。

その日、萩は不在だった。数学のテストの点数がすこぶる悪くて、今回の追試をサボると留年の危機らしい。十回くらい留年してればよかったのに。

駅から自転車を押して原発前まで。ママチャリだったら後ろにハスミンを乗せてあげてもよかったけど、あいにく自分の自転車には荷台なんて野暮ったいものは装着していない。通学に使うような自転車じゃない。だからこそ価値がある。

しょうがないのでハスミンと歩幅を合わせ、自転車を押しながら歩く。

「ハタリって小説いっぱい読んでるけどさ、どういうのがいちばん理想なの?」

「マジョリティをたくさんぶっ殺して、金持ちを騙して金を巻き上げる話……」

「いいな〜それ。ハタリが書いてよ。そしたら読むよ」

「いっぱい書くよ」

茂みにたどりつき、かき分けて奥へ進んでいく。期待通り、そいつはまだそこにいた。やっぱり、たまたまそこにいたんじゃなくて、住み着いてるんだ。

「いたね」

それはこちらを見つめてくる。個人を識別できているのだろうか。

ハスミンはリュックサックからジップロックを取り出した。中にささみが入っている。

「わざわざ持ってきたの?」

「食べるかなって思って」

ハスミンはジップロックから出したささみを、それの目の前に投げる。

「食うかな……まぁなんでも食うか」

食うという表現が適切かどうかはよくわからない。

「動物園のワニはニワトリ食ってたよ」

「ニワトリねぇ……」

それはささみをしばらく眺めてから、口あるいはエラでそれを体内に取り込んだ。

「やっぱり、新種の生き物なのかな」

「そうとしか思えないよ。いくら調べても、これっぽい生物なんて出てこない」

それの写真とか動画をネットにアップしたらスゴいことになるだろうとみんなわかっていた。でも誰もそうしなかったし、ほかの誰かに話したりもしなかった。この奇特な発見をほかの誰とも共有したくなかった……要するに独占したかったのだ。

もっとも、原発の敷地の近くのバス停そばに住み着いていたら、いくら人の少ない田舎とはいえ近いうちに第三者に発見されるだろう、とも考えていた。公になる前にせいぜい自分たちで楽しんでやろう、という思いを全員のあいだで共有していたと思う。

馬車道たちはそれと会って、餌をあげたり観察したりするのが日課になった。集まる場所がファミレスからバス停に変わっただけで、日常はさほど変化しなかったように思える。

ずっと「それ」とか「あの生き物」とかの曖昧な代名詞で呼ぶのはなんだか煩わしかった。馬車道たちは固有名詞を考えることにした。

「ラコステちゃん」

「やだよ」

「クロちゃん」

「黒いからって？　安直すぎてちょい寒だなぁ」

「クロックスのクロともかかってるんだよ」

ハスミンは付け加えた。こいつにしては考えたな、と思う。

「なるほどね。でも却下だ」

クロックスのマークがワニなのは、水陸両用のサンダルをワニの生態になぞらえているからだ。しかもワニは頑丈で強くて、長生きする。

「ワニノコ！」

「引用以外で頼むわ。なんか呼ぶとき恥ずかしいからさ」

ワニノコはポケモンに出てくるワニのキャラだ。あきらかに現実味のない生物なのでたしかにポケモンっぽさはある。でもそれだったらメグロコのほうが似てる……ワニノコのほかに、そういうワニ……のなかでもおそらくメガネカイマンかガビアルをモチーフにしたポケモンがいる。ワニだけど砂地に生息していて、電撃が効かない。五作目のシリーズに出てきて、序盤の砂漠のステージに登場する。この次のボスは電気の攻撃をしてくるので、ここで仲間に引き入れておくと少し有利になる……と思いきや実際のところそこまで役に立たない。そういうやつだ。

「あのさ、前に馬車道の家で『アリゲーター』って映画観たよね」

「よく覚えてんな。あれに出てくるワニの名前、なんだっけ……。帰ったらもっかい観よ」

下水道に住み着いてる超デカいワニが市街地に出てきて暴れるパニックムービーだ。面白かったねあれ。でっかいワニがパーティー会場とかにやってきてめちゃくちゃにしたり、乗ってる人間ごと車を噛み砕いたりする、ニコニコしながら楽しく観られる良作だ。『ジョーズ』のエピゴーネンとしてのアニマルパニック映画なのだが、かなりよくできてる。ストーリーはよくまとまってるし、登場人物のキャラも立ってるし、ワニもかわいいし。トイレに流されて下水道で暮らしていた仔ワニが、研究所が廃棄した薬品の影響で巨大化するのだ。

『アリゲーター』は去年くらいに、古本屋にレンタル落ちのＶＨＳが激安で売ってたから買って観た。生まれたときからDVDが主流だったからぜんぜんビデオ世代じゃないけど、VHSは破格の値段で手に入ることがあるのでプレイヤーを中古で買ってよく利用していた。

ビッグバジェットの大作はさすがに田舎でも簡単に触れられる。B級のジャンル映画みたいな小品こそ、観るチャンスになかなか恵まれない。地方のシネコンでそういう映画はまずかからないし、レンタルビデオ店は潰れまくるし……。しかも、やっとの思いで観たところで、そういう映画が本当に面白いことはそんなに多くない。『アリゲーター』は文句なしの佳作だけどね!

下水道に住み着くワニっていうモチーフはおもにアメリカのポップカルチャーにおいてよく使われるモチーフでもあって、あのピンチョンの『V.』にもワニ退治の話が出てくる。ピンチョンの小説なんて難解すぎてたけー金出して単行本買ったのにぜんぜん読み切れてないんだけど。読破できたのは文庫になっている『競売ナンバー49の叫び』だけだ。しかも読破したといってもただ読み切っただけで内容の理解なんてまったくできていない。切手を偽造する秘密結社とか出てきて、なんかすげー面白いことが起こってるってことだけはぼんやりとわかるんだけど。それだけだ。将来ババアになって隠居したらピンチョンだけを読む生活をしよう。

ところで、いわゆる「アリゲーター」と「クロコダイル」はどちらもワニを表す言葉だけれど、単なる同義語ではなくて定義に違いがある。鼻先のかたちと歯の生え方で見分けられるらしい。この生物はどっちだかわからない……。

「そんな文句ばっか言うんだったら、馬車道もなんか案出せよ」

返事をするのが遅くなった。萩に、なぁ、と繰り返されて、ようやくはっとする。

「え？　あ。そっか、ごめん。ほかのこと考えてた」

「ボーッとしてんなよ」

「じゃあ、サバービア、とか……」

「どういう意味？」

「郊外。郊外出身の異形だから、さ」

ちょっと赤面しながら言う。たまたまそこにいただけで、ここ出身だという確証はどこにもない。原発から漏れ出た放射線の影響で誕生した突然変異種！　そんなわけはないんだけど、そう考えたらちょっと面白いじゃない？

「ワニ要素は？」

「ないけど。でもあれ、ワニじゃないよ。形がたまたま似てるだけで、まったく別の生き物だ。きっと爬虫類ですらない。憶測だけどさ」

ハスミンらはふーん、と馬車道の解釈に相槌を打つ。

「それか、『メルトダウン』とか。なんか、溶けてる感じだしね。それに原発そばにいたし」

「いいかもね。サバービア」

「マジで？　ホントにそれで行く？　なんか恥ずかしいなぁ」

それ以来、その生き物はサバービアと呼ばれるようになった。見捨てられた郊外に住む異形。自分たちにおあつらえ向きだと思った。

「悪くないと思うよ」

でも、本当のところは「メルトダウン」のほうがかっこよかったと思ってる。

致命的なアクシデントが起こったのは、それと出会ってからだいたい一年くらい経ってからのことだった。そのときのことはあまり思い出したくない……馬車道は過去の記憶をなるべく忘れてしまおうと努めていたが、これに関しては特に、だ。

サバービアのことをいちばん気に入っていたのはハスミンだった。自分たちが不在のときも、ひとりでそれに会いに行っていたらしい。

サバービアは常にあのバス停そばの狭苦しい茂みの中にいた。長距離を移動するすべを持たないのか、なにか好都合なことがあってあえてそこに留まっているのかはわからない。べつに恵まれてないのにその場から動こうとしないのも、なんだか郊外《サバー》生活者的《ビアン》だ。

そのときにハスミンが……。

まぁ、今はいいや。馬車道はそこまで思い出そうとして、思考を振り切る。いつかまた、死にたくなりながら、じっくり思い出せばいいよ。今はまだほかにやることがある。

〈第七章〉 サバービアンズ エクスプロイテーション

馬車道たちが地元を離れるとき、萩がそれを新居に連れていくことになった。馬車道の引越し先には置いておけそうにないし、そのまま放っておくのもなんだかもったいない気がしたからだ。自分たちといっしょに、サバービアも上京したわけだ。サバービアンじゃなくなった。


『ニュー・サバービア』なんて小説を書いて、わざわざ私に送りつけて……。なんでそんなことを」

「君に連絡を取る方法がほかに思いつかなかった」

「にしたって、どうして？　なにがやりたいのか、さっぱり理解できない」

サバービアと目が合う。ケージの底を這うようにしながら、こちらを不思議そうに見上げている。二メートルにも満たない直径のケージは狭そうだが、中で依然としてじっとしている。

「そんな目で見ないで」

馬車道はトイレを借りようとした。どういうわけか、萩はそれをしぶる。

「申し訳ないけど、それは遠慮して」

「なんでよ」

「その……汚れてるからさ」

「いいよ別に」

トイレを貸すことにすら煮え切らない態度の萩に苛立ちを露わにする。萩はそれを察し、頭を掻きながら答える。

「わかったよ……でも、ユニットバスのシャワーカーテンは開けないで」

「はぁ？　よっぽどきったねーのね。わかったよ」

馬車道はユニットバスの中に入る。便座に座る前に、閉められているシャワーカーテンを引いた。

「なるほどね」

息を殺しながらも、かすかにつぶやく。浴槽の中を覗き込む。水を張っているわけでもなく、かといって空っぽでもない。なにかが乱雑に詰め込まれている。

言うなれば、屠殺場《スローターハウス》だ！

中に入っていたのはどう見ても切断された人間の死体だ。視認できるうちの腕や胴体の部分からでは、年齢や性別は判別できない。

サバービアはあらゆるものを捕食し、痕跡を残さない。その性質をもっともうまく活用すれば、気に食わない人間を何人だって殺し放題だ。チンケな部屋の中に似つかわしくなく置いてあった三台の空気清浄機の意味もわかった。残った死体の匂いを隠蔽するためだ。これだけじゃぜんぜん足りてないみたいだけど。

サバービアはそこまで大食いじゃないから（実際のワニも大概そう。食べるのはせいぜい片腕くらい）、死体をまるごと処理するのは時間がかかるのだ。食休みが要る。

馬車道は恐怖以上に怒りの感情を増幅させた。

あいつはナーバスぶってるだけの、ただの邪悪だった。

とっくの昔に捨て去った意思が湧き上がってくる。サバービアはうまく使えばいくらでも金を稼げる手段になる。それ以上のことだってできる。そう思ったからこそ、自分たちはそれを隠蔽しようと考えたのだ。

奴やハスミンには秘密にしていたが、馬車道は何度もサバービアを殺そうとしたことがある。ふたりに黙って例の場所に行き、刃物で刺したり、学校の化学準備室からパクってきた薬品を飲ませたりした。それでもサバービアはびくともしなかった。敵意を見せられたのに、こちらに攻撃を加えてくることもなかった。血も流さないし、声も上げない。ただ、そこにじっとしたまま、こっちを見てくるだけだった。袋に詰めて川に投げ捨てたこともある。次の日には、そんなことなかったかのようにいつもの場所にいた。袋を食い破って、泳いで戻ってきたのだろうか。

個人の力ではサバービアを殺すことは不可能だと諦めて、ほかのふたりと同じように、自分たちの中だけのささいな秘密として、不思議な生き物との触れ合いを楽しむことにした……。

萩を殺すべきだろうか?

とりあえず、一旦用を足してから考える。

馬車道は無性に落ち着いていた。そのことを自分でも不可解に思ったが、これ以上深く考えるのはやめた。

萩は部屋に戻ってきた馬車道を気まずげに見つめる。

「あのさ、なんか言ってくんない?」

「馬車道……中のもの、見ちゃった?」

「見てないよ。人殺し～」

萩は小さく笑いながらうつむいた。諦観を感じさせる。

「馬車道……あのね、こんなこと声に出して明言したら恥ずかしいけどさ、こんな世界めちゃくちゃになればいいと思ってるんだよ」

自分の手元に目線を落としながら萩は言う。

「声に出して明言したら恥ずかしいけど、まぁ、一理あるね」

足元にあるそれに冷たい視線を向けつつ、馬車道は言葉を返す。

「だからさ、サバービアをここで育てて、もっと成長させて……街に放ってやれば。とんでもないことになると思うんだよね」

「ならないよ! たかが仔ワニ一匹で世界が終わるわけないだろ」

「うん。だからね、連中と一緒に、こいつを育てて、血清を作って、世界中にばらまこうとして」

「仮にそうしたとして、その後は?」

「そこまでは聞かされてない……自分はほとんど、組織の中の下請けの下請けみたいなものだったから」

「てか組織ってなんだよ」

「馬車道も知ってるでしょ。豪戸にいた、変なカルトの……」

「そんなん知らないって」

「連中は出版社を持ってて、そこの媒体で小説を書いたんだ。小説が現実になって、って。未来予知みたいでしょ。連中はこの小説をプロパガンダに利用するつもりなんだ」

「じゃあもっといい作家使えよ！」

「自分以外に見つからなかったんだ。新興したばっかの団体だから、金も信用もない……」

「なんでそんなのに協力してんの？　作家になりたかったから？　そんなんでいいの？」

「そういうことでもない。こんなことになるってわからなかった……。ただ、自分にできるのは、文章を書くことくらいだったから」

「書けるうちに入んねぇよ！　お前は」

萩は力無く笑い、「だよね」と漏らす。

「ただ、自分に与えられた仕事はそれだったから。連中、小説の良し悪しにはそんなに関心がなかったみたい。まとまった文章があればそれでいい、みたいな」

目の前の人物が非常にみじめなものに思えてきた。昔はお互いに、もっとちゃんとしてたんだけどな。

「作家気分を味わえて楽しかった？」

「そんなでもないかな……」

萩はなにか喋るたびにうつむく。ゆっくりと言葉を続ける。

「あの小説では、序盤に出てきたカルトは実はいいやつで、むしろ正義の団体で、みたいな話になっていくんだけど……」

馬車道は萩の要領を得ない口調に苛立った。萩は依然としてなにかに怯え、網戸を閉めた窓をちらちら眺め続けている。

「で？」

「サバービアも出てきてさ。やがてそいつが街中に放たれて、大暴れする。それをカルト呼ばわりされてた団体……チームが打倒して、生物兵器のサバービアを裏で操っていた政府と対決する」

「そんな話、誰からもウケない。バカにされることはあるだろうけど」

「プロパガンダって、そういうものでしょ？　カジュアルな大衆文化の中にメッセージを込めて、無意識のうちに思想を刷り込む」

「お前が大衆にウケるような小説を書けるかよ！」

馬車道はその場で足を踏み鳴らした。萩はびくっと肩を震わせる。

「それは……まぁ。そのとおりかな。連載前の建前のデビュー作も書いたんだけど、それも実は、馬車道の高校のときの小説をパクったやつなんだ」

ぼそぼそと、うつむきながら萩は言う。

「はぁ〜？　どういうこと？」

馬車道はデリバリーバッグからスマホを取り出して、萩の名前を検索してみる。星が三つついているアマゾンの商品ページを開き、既刊の著書の概要を確認してみる。

あらすじには見覚えがある。高校のときに新人賞に応募しようとして、満足いくものにならなならなかったから投稿を断念したものだ。未完成の原稿を、萩にだけ読ませたことがある。

レビューに目を通してみる。「作者の自己憐憫や被害者意識が不快」「文章が煩雑で、独善的な登場人物には共感しづらい」と……なるほどね。

「どうせパクるなら、もっとマシなやつあったのに」

皮肉のニュアンスを示すために、馬車道は笑みを浮かべた。

萩はなにも言葉を返してこず、うつむいたまま押し黙っている。


「あのさ、馬車道……」

「なんだよ」

「でも、もう、ヤなんだよ。連中のためにサバービアがいいように利用されるのは」

「あんたがそうしたんでしょ」

「最初はそれでもいいかなって。連中が言うように、全部めちゃくちゃになったらいいなって。でも、結局のところ、奴らがやりたいのは選民と搾取だった。バスタブの中のヤツは、カルトの幹部が個人的な恨みで殺した人だよ。崇高な目的に基づいた殺人とかですらない。ただこれ始末しとけって、死体だけ渡されて……。こんなんじゃ、これまでとなんも変わんないよね」

「まーだろうね。所詮カルトなんだからさぁ～」

「それでね、馬車道、お願いがあって……」

「面の皮厚すぎだろ。今すぐ死んでくれ」

「サバービアをさ、元いた場所まで返してくれないかな……できれば、誰にも見つからないところに」

「豪戸に？　もう誰も入れないでしょ」

「だからいいんだ。誰にも見つからないところに……」

萩は涙目になっている。なにをそんなに、すがりつくように懇願してるんだ。

「要するに、火口に指輪を捨てに行けってこと？」

「うん」

「なんでそんなことしなきゃいけないんだよ」

「これから誰もがサバービアのことを狙うようになる。もう時間がないんだ」


これ以上萩から話を聞き出すことはできなかった。

束の間、目の前に何かが飛んできた。黒くて不定形の物体……サバービアだ。サバービアは自分で蓋を開けてケージの中から這い出てきた。

馬車道の胸元に飛びついてきて、そのまま身体を食いちぎろうと口を開く。サバービアはTシャツに食いついた。そのまま身体を回転させる。それに引っ張られるように馬車道は横転した。呻きながらサバービアを引き剝がそうとする。Tシャツを引きちぎって、ようやく拘束から抜ける。

起きあがろうと床についた左腕にサバービアが食いついてくる。激しい痛みと出血に悶える。骨ごと身体が抉《えぐ》られていく感覚があった。数センチ先にあるデスクの脚の角に、食いつかれた腕ごと叩きつける。ダメージがあったようには思えないが、一瞬だけサバービアの力が緩む。その隙に強引に腕を引き剥がした。皮膚がえぐれて白みがかった肉が見え、出血がとめどない。今は痛みに顔をしかめる余裕もなかった。

「萩！　どうしよう！」

萩はうろたえながら馬車道から距離をとる。部屋の隅にある空気清浄機の裏側に腕を突っ込んで、なにかを取り出そうとしているのが見えた。

「なにやってんの？」

「ちょっとまってて！」

萩は長方形のバッグを抱えて、ジッパーを開けようとしている。ギターケースに似ているが、一メートルもないほどのサイズだ。開けるのに苦戦しているようだ。馬車道はすかさず足元に視線を戻す。サバービアは口元を血で赤く染めつつ、いまだこちらに目を向け続けている。まだ飛んでこない。隙を狙っているのだろうか？

「こんな夜中に物音を立てていいのか？」

誰かがこの状況を不審に思い、通報を入れることに期待した。

「このアパートに住んでるのはみんなカルトの仲間なんだ。常に監視されてる。だから、君はここに長く留まってちゃいけない」

「どういうこと?」

それと同時に、ピクリとサバービアが動いたのを見た。馬車道はすかさずデリバリーバッグの中にあったスパナを手に取る。

サバービアがこちらの脚元をめがけて飛びかかってくる。今度は見逃さない。とっさに身をよじる。攻撃をかわしがてら、脚元のサバービアの頭を目掛けてスパナを振り下ろす。

こちらの腕は痛むが、サバービアはいっさい動じていない。床を殴りつけたときのような虚無的な感触だけがあった。

「馬車道!」

萩はなにかを両手に抱えていた。サバービアと同じくらいの大きさの、小さい弦楽器……ウクレレだ。なんで?

ポローン、と、奴はストロークを弾いた。聞いたことがある。これは『アロハ・オエ』だ。ウクレレの練習本には間違いなく収録されているだろう。

サバービアが前脚を動かす。こっちを睨みつけてくる。しかし、攻撃はしてこない。

萩はウクレレを弾き続けている。あたかもそれに聴き惚れているかのように、サバービアはおとなしくなった。

「どういうこと？」

ウクレレだ。どういうわけか、サバービアは奴が弾くウクレレの音に合わせて静止した。ケージの中に入っていたときのように、じっとしている。

「も、もう大丈夫」

萩はウクレレを足元に置いて、サバービアに近づく。お腹を支えるようにして持ち上げ、ケージの中へ戻した。ケージにふたたび黒い布をかける。

馬車道は息を乱しながら、その場にへたり込む。腕の噛まれた跡が目に入り、ぞっとする。

「ヤバすぎる」

破けて使い物にならなくなったTシャツに血がべったりと付着している。

馬車道は無性に落ち着いていた。そのことを自分でも不可解に思ったが、これ以上深く考えるのはやめた。萩が申し訳なさげに救急箱を手渡してくる。中には消毒液と包帯がある。激痛に悶えながら、馬車道は片手で左腕に応急処置を施した。

ハスミンはサバービアに噛まれて死んだ。サバービアの存在をどうしても公にしたくなかった馬車道たちは相談の末、彼女の死体を夜中に川へ捨てに行った。彼女は人生がうまくいっているほうではなかったから……遺書をでっち上げるのもうまくいった。あの町には誰も彼もが見て見ぬフリをする性質があったから、彼女たちはそれをたやすくやりとおせた。

そのとき以降、馬車道は小説を書けなくなった。自分はそんなことをする資格を剝奪された、と思った。本当は一生のうちのほとんどを刑務所で過ごすべきだった。

包帯を巻いてすぐ、血が滲んでくる。しばらくそれを眺める。

「そのウクレレは？」

えっとね、とぼそぼそと萩は言う。

「信じられないかもしれないけど、サバービアはこの楽器の音である程度制御できるんだ。落ち着かせるときには『アロハ・オエ』で……。あと、興奮させてけしかけることもできる。そのときに弾くのは……」

馬車道は萩のたどたどしい言葉を最後まで聞くのが億劫になっていた。

「どういう原理だよ」

「たぶん、音波……」

萩はなにかを言いかけていた。それと同時に、部屋の外から物音が聞こえる。そのまま口をつぐんでしまう。萩は手のひらを馬車道に見せ、息を潜めるように指示してくる。

「どういうこと？」

「たぶん、君をここに呼んだことがバレて……。チームのやつらが来る」

「どうなるの？」

「ふたりとも殺される」

「ふざけんな」

萩はオロオロしながらバッグに入ったウクレレを手渡してくる。

「サバービアを連れて窓から逃げるんだ。これ、持ってって」

「いや、弾けないよ……」

「ギターよりは簡単だから！　これがあれば大丈夫だよ」

「そういう問題じゃねぇよ」

「早く！　時間がない」

外からドアが叩かれる音が強くなっていく。強引に蹴破るつもりなのだろうか。

馬車道は溜息を吐く。

「せめて着替えさせてよ」

萩はクローゼットを指差す。

ハンガーにかけられたそれらはすべてきっちりアイロンが当てられているが、一着だけシワの目立つロンTがある。ラコステとは別のワニのマーク、クロコダイルのやつだ。

「借りてくよ」

それほどサイズにへだたりはない。そのTシャツを抜き取って、袖を通すことにする。


昔のように、サバービアを両手に抱える。ついさっき殺されかけたのに、こいつはそんなことなかったかのようにおとなしくなっている。よく見ると、目を閉じているようだ。眠っているのか。想定通り、小ぶりな身体はデリバリーバッグにすっぽりと入る。

「狭くてごめんね。お前は私と一緒に、帰省しなきゃいけない」

サバービアの存在が公になったら、世の中は間違いなく変わるだろう。不死身のパワーに無限の消化。時間さえかければどんなものでも消し去ることができる。目障りな人間から、汚染物質、機密文書まで。

自分が平穏に暮らすことはもう諦めた。ただでさえ最悪なこの世界がさらに最悪にならないように、私はこうするよ。

サバービアは出身地に……もう人が住めないあの地域に帰って、二度と誰にも見つからないようにじっとしていてくれなくてはならない。そしてあわよくば、その過程で息絶えてくれれば幸いだ。それはきっと無理だと思うけど。

こいつをそこに返すことが、ほんの少しの贖罪になると思った。こいつがこのままここにいたら、きっと良くないことが起こる。自分たちの都合で勝手にこんなところに連れてこられて、身勝手な殺人の隠蔽に利用されたサバービアも不憫だ。これからなにをしても今より良くなることはなにもないだろうが、せめて元には戻したい。

サバービアを入れたバッグを背負う。かなりの重さだ。昔より体重が増えた気がする。

準備を終えて、馬車道は窓を開けてベランダに出る。少々高いが、植え込みに向かって飛び降りればなんとかなりそうだ。

「馬車道」

「なんだよ」

「ごめんね。なんか、なにひとつうまくいかなかった」

「もっと真面目に小説を書けばよかったんだ」

返事は返ってこない。

「ねぇ、馬車道」

「なんだよ！　もう行くわ！」

「あとでさ、遊び行ってもいいかな」

「えぇ？　やだよ」

今はまだそれどころじゃないでしょ。全部解決したあとでも嫌だけど。

馬車道は怪我をしていないほうの腕で萩に向かって中指を立て、ベランダの手すりに足をかけた。サバービアを入れたバッグをクッションにして、植え込みに着地する。

〈第八章〉 殺人ブルドーザー

奴のアパートから出て、自転車のハンドルのスタンドにスマホを装着する。マップアプリを操作して、目的地を壕戸町に設定した。百三十キロ先、だいたい八時間。途中どこかで休憩を取れば十分な距離だ。自転車さえあればどこへだって行ける。

まだ夜は明けていない。一時間ほど走れば、もう二十三区の外に出る。郊外に入ると、景色は変わり映えしなくなる。どこだって同じだ。迷ったりはしない。

そういえば、と馬車道は思い出す。処方薬を持ってくるのを忘れた。毎朝服用しないといけないことになっているが、いまさら家に戻るわけにはいかない。

飲まなくたって死ぬわけじゃない。

もう首都圏を出たようだ。駐車場のやけに広いコンビニに入り、食料品とタバコとモバイルバッテリーを買いがてら休憩する。コンビニにしては珍しい銘柄が置いてある。入口そばの喫煙所で買ったばかりの『プラシーボ』の一本を吸いつつ、バッグを少しだけ開けて中を見る。サバービアはまだ眠っている。そういえば、ウクレレを肩にかけたまま入店してしまったことに気づく。デリバリーバッグを背負って片腕血だらけでウクレレ持って夜中に出歩いてるのって、完全に不審者だ。通報されないためにわざわざ自転車を使うことにしたのに、これじゃ本末転倒だ。

駐車場で缶コーヒーとパンで腹を満たし、走行を再開する。しばらく自転車を走らせていると、海岸沿いの工事現場に辿りつく。看板を見るに高層マンションが建つらしく、今はそこにある古い建物を解体している段階のようだ。

「金持ってるくせに郊外に住みたがる奴なんてクズだよ」

ね、サバービア……。ひとりごとじゃなくて、背中のサバービアに語りかけているわけだ。ぜんぜん変なことじゃない。そう思う。

しばらく走行して、馬車道は進みを止める。ブレーキをかけて地面に足をつく。

通行止めの表示はなかったが、なにかが車道を塞いでいる。自転車を近づけて、ライトを当ててみる。

黄色いパワーショベルに、大型のブルドーザーだ。工事現場からはみ出して、公道に停めっぱなしの数台の重機が道を塞いでいるらしい。横幅のある車体やショベルのアームが進行を阻み、自転車でも迂回しないと先へ進めなそうだ。

「迷惑なブルドーザーめ」

馬車道はハンドルを切って、私有地の工事現場を経由して進もうとする。

それと同時に、キャタピラが動いた。

「うわ！　誰か乗ってる？」

危ない。操縦席を見上げるが、誰も乗っているようには見えない。しかし確かに今、キャタピラが動いてこちらに接近してきた。

予想外の現象に、馬車道は肩を震わせる。

さらに、アームが回転し、ショベルの爪部分がこちらに向いた。絶対に見間違いじゃない。

「え！」

どう見ても操縦席は無人だ。キャタピラの音が聞こえる。目の前のパワーショベルのものじゃなくて、背後からだ。

走行音はしだいに大きくなる。四台のブルドーザーが新たにこちらに向かってきている。どういうことだか理解に苦しみ、馬車道は萎縮した。そのまま複数台の重機に周囲を包囲される。いずれも無人だ。ブルドーザーのことなんてぜんぜん知らないけど、遠隔で同時に操作したりできるものなのか。だとしたら、なんのために？

まだ重機の駆動音と思しき音が聞こえる。

馬車道はとっさに自転車ごと倒れ込むように身を伏せた。頭上をなにか大きく重いものが横切っていった。それが起こす風圧を全身に感じる。

恐る恐る立ちあがろうとして、ふたたび風を切る音を聞く。馬車道はヘッドスライディングの要領で前方に飛び込んだ。アスファルトに顔面を擦り、激しい痛みを感じる。

地面に這いつくばったまま空を見上げる。頭上すれすれをなにかが往復していた。でかくて丸い物体……鉄球だ。あの重機の音はおそらくクレーン車のもので、こちらをめがけて振り回してきたわけだ。

「あさま山荘になった気分だな」

誰も聞いてないのに冗談を言えるくらいには正気を保っている。馬車道はバッグを開け、自分と一緒に横倒しになったサバービアの様子を確かめる。まだ寝ている。クレーンで潰したら、さすがにこいつも死ぬんじゃないか。そうしたらなにもかも万事解決だけど……。

でも、そうとも限らない。だからここを抜け出して、あの町に帰る必要がある。馬車道は結論づけ、この場から逃げ出す手段を模索する。

クレーン車についている鉄球はモンケンと呼ばれる。語源は猿《モンキー》だ……ここまで考えて、馬車道はあわてて思考を中断する。なんでこんな状況下に陥ってまで、そんなくだらないことばっかり考えてしまうのか。いつかしょうもない理由で命を落とすだろう。

四台のブルドーザーが進路を塞ぎつつ、その隙間を縫うようにして鉄球が飛んでくる。

この前、駅のトイレで遭遇した怪現象を思い出す。突然あらゆる水が沸騰しだした、それと似たようなものか？　さもすればあれもこれも全部妄想なのかもしれない。本当は自宅のベッドに横になっていて、長い夢を見てるだけだ。

ちょっとでも立ち上がったら全身がぐちゃぐちゃになって死にそうだ。ちょっとずつ地面を這って、クレーンの射程から離れるしかない。そんな気力は残っているか？

馬車道は横たわりながらしばらくそこにとどまっていた。疲労と全身の痛みがどっと押し寄せてくる。こんな状況なのに眠気を感じる。聞こえてきた新たな駆動音……キャタピラではなくタイヤのものであろうそれを聞き、はっと我に返る。エンジンの音もする。

べつの重機だ。徹底的にこちらを追い詰めるつもりなんだ。

そういえば。馬車道は思い出す。ほんの少しだけ働いていた運送会社で、重機とはほど遠いがフォークリフトを操縦していたことがあった。誰かが言っていたはずだ。今の重機には緊急停止機能がある。センサーがあって、人が近くに接近しているのを検知するとブザーが鳴って自動で機能が停止する。たしか三メートル以内。

だとしたら、この進路を塞いでいるブルドーザーは……。

動かないはずだ、という考えに至った束の間、止まっていたはずの重機のエンジンが起動した。そのうちの一台のパワーショベルのアームがすばやく動く。薙ぎ払うようにショベルが横に動き、爪が頬をかすめる。

心臓が痛いほど高鳴る。この場所も安全地帯ではないと察し、這いずりながらかすかに移動しようとする。それに合わせるように、少しずつキャタピラが動く。こんな些細な動きすらも認識する以上、自動運転とは考えにくい。誰かがこの状況を観察しながら、的確に重機を操っている。そうとしか思えなかった。

通過する鉄球の位置が若干下がっているような気がする。気のせいかもしれないが、もしかしたら、すこしずつ感度を調節しているのかもしれない。いつかは命中するように。

馬車道は口を閉じたまま息を吐く。歯の隙間から呼吸が漏れる音を鳴らす。

背中に振動を感じる。サバービアが目を覚ましたようだ。バッグの中でもぞもぞと動いているのがわかる。いきなり狭いバッグに詰められてこんなところまで連れて来られたら、さすがのこいつでも動揺するのだろうか?

「サバービア、大丈夫?」

このさい自転車は諦めるしかない。スマホだけをスタンドから外し、バッグのポケットに収納する。鉄球は常にすごいスピードで頭上を往復し続けているが、裏を返せばそれしかできない。ほかの方向に逃げればいいだけだ。

そうした場合、進路を壁のようにぴったりと塞ぐブルドーザーが邪魔だ。全高は三メートル近くある。

馬車道は頭上に注意を向ける。振り子のように物々しく往復を繰り返す鉄球がちょうど真上を通過し、向こう側に飛んでいった。すかさず起き上がり、側面のブルドーザーのうちの一台にしがみつく。キャタピラを足がかりとして、操縦席に飛び移る。このブルドーザーの操縦席は個室になっているわけではない。扉はなくて、剝き出しだ。操縦席の椅子にたどり着いたとき、鉄球が戻ってきて、さっきまでいた地点の空気を薙いだ。ぐしゃり、と自転車が粉砕される音がする。馬車道は泣きたくなった。

椅子から反対側に飛び降りる。背負ったバッグをクッションにするように、仰向けになって背中から落ちた。アスファルトに着地する。

とてつもない破壊音が背後で響く。クレーンの鉄球がブルドーザーに激突し、車体を砕いた。ブルドーザーはかすかに跳ねてから、その場にとどまる。

すかさずその場から逃げ出す。平衡感覚が正常でなく、まともに走れているかどうかもよくわからない。


中を開けて確認する。あんなにもみくちゃになったにもかかわらず、サバービアはおとなしくしている。怪我や損傷のひとつすら見当たらない。こいつはどうやっても死なない。いみじくも。

「ざまぁみやがれ」

息を切らしながらも馬車道は口に出す。自分がちゃんと生きているという実感が湧かなくなるほどに満身創痍だった。身体に水や血がまったく足りていない気がする。

周囲を見回す。ほかに動いている重機はない。この得体の知れない現象は収まったのだろうか。

「あ……」

遠くに光が見える。重機のライトかと思ったが、それとは形が違うようだ。円形をしている。懐中電灯の光を思わせた。光はゆっくりと移動している。こちらに向かってやって来ているのだろうか。

逃げるべきかと思ったが、脚がもう動かない。ここでとどめの一撃を喰らうのならもういいか。諦観に心を支配される。その場に座り込んでしまう。自分が死んで、サバービアの存在が明るみに出たら……。案外それもいいかもしれない。いいことに、世の中をちょっとマシにするために、誰かがこの力を使ってくれるのかもしれない。ならいいや。

光が近づいてくる。眩しさに目を眩ませたのち、馬車道はゆっくり目を閉じる。

〈第九章〉職業には向かない女

馬車道はしばらく目を閉じていた。

遠くでかすかに破裂音が聞こえた。激しく、乾いた音……。花火？　いや、違う。銃声だ。映画の効果音でしか聞いたことがないような音が、遠くで鳴った。本物の音を聞いたことはないが、銃声にしか思えない。

光が近づいてくる。足音もする。ここにとどまっているべきじゃないと思うが、脚が動かない。咳き込むたびに、喉と腹部に激しい痛みを感じる。

「大丈夫かな？」

ライトを持った誰かが接近してきた。その声はそれほど敵意を感じない。

恐る恐る目を開ける。

四、五十代の……たぶん女性。大きめのコートを羽織っているのが見える。今の季節だとやや暑そうな気がする。深夜帯でも、たいていは上着が必要なほどには寒くならない。

ライトで顔を照らされる。目が眩む。

「あなた、大丈夫?」

ふたたび安否を尋ねられ、馬車道はかぶりを振った。大丈夫なわけないじゃん。

この女は重機を操っていた張本人とは違う気がする。根拠はないが、そんな気がする。

「あ、重機……。ショベルカーとかが……」

「落ち着いて。もう大丈夫」

さっきとは違う、問いかけではないイントネーションで、もう一度「大丈夫」という言葉を使われた。

女がなにかを手渡してくる。視界が安定しないせいでよくわからないが、無心でそれに手を伸ばしていた。ひんやりとした感触を指先に感じる。飲み物の入ったタンブラーに違いない。カランカランと氷が鳴るのが聞こえた。奪い取るようにそれを摑み取り、蓋を開ける。中身を勢いよく喉に流し込む。

ゲエエエッ!

それを吐き出しながら咳き込む。喉に熱を感じ、痛みがぶり返してくる。胸の鼓動が激しくなる。思わずその場にうずくまった。

「あら。ごめんなさい。びっくりした？　平気《オーケー》じゃないよね」

女は慌てた様子で背中をさすってくる。馬車道は涙目になりながら相手を睨みつけた。手渡されたタンブラーに入っていたのは度数の強いアルコールだった。馬車道はぜんぜん酒が飲めない。今口に入れたのはささやかな量だが、これだけでもう頭が痛くなってくる。

「はい！　これもあげる。こっちは水。普通《プレーン》の水だよ」

ぐしゃぐしゃとペットボトルが指で押される音がする。そもそも得体の知れない他人からもらったものを口にするなんて危なっかしいが、今はしのごの言ってられなかった。キャップはすでに開いている。ぼやけた視界でそれを手に取り、半分ほど入っていた水を一気に飲み干す。ただの水を嚥下するだけでもひと苦労だったが、喉に通すとほんの少しだけ楽になってくる。


「藪から棒で申し訳ないけど」

馬車道が落ち着いたのを見てから、女が口を開く。

「あなた、こんなところでなにをしてたの？」

「警察かよ」

尋問まがいに投げかけられたことに、馬車道は嫌味としてそう返す。

「そのとおり。刑事《デカ》の金城チルです。チルでいいよ」

「ホントにそうなんだ……」

かねしろちる……珍しい名前を反復する。チルね……。

刑事は身分証を見せてくる。目を凝らして確認すると、顔写真とともに本当に金城散《ちる》と記載されているのがわかる。

馬車道はようやく立ち上がれるようになった。視界も正常に戻りつつある。遠くにかすかに車の影が確認できる。パトカーだろうか。重機が暴走しているのを誰かが発見し、通報したのかもしれない。

「職質なら断りたいんだけど。急いでるんだ」

「そんな体調《コンディション》で?」

「うーん……」

チルはロングコートの内ポケットからなにかを取り出す。そのコートは彼女の身体に対してかなり大ぶりだから、おそらくメンズサイズだ。

彼女の手元が一瞬きらりと光った。馬車道はそれを銃だと思って、とっさに身構えた。

　実際のところ、彼女が取り出したのは銀色のタンブラーだった。さっき渡されたものと同じか。彼女は喉を鳴らして中身を飲む。かすかにアルコールの匂いが漂ってくる。

「酒？」

「ジャックダニエルだよ。水割り。口つけちゃったけど、落ち着いたなら飲む？　痛みがやわらぐよ」

　タンブラーを手渡してくる。

「いらないよ。つーかさぁ、今勤務中なんじゃ……」

　後方に停めてあるパトカーを指差す。

　チルはにやりとしながら、口元に人差し指を持ってくる。

「シーッじゃねぇよ」

「飲まなきゃ仕事にならなくてさぁ。ＰＭＳの頭痛がね……」

「バレたらクビじゃすまないでしょ」

「酒を飲まないせいで本調子《フルパワー》を出せずに犯罪を見逃してしまう刑事《デカ》と、酒を飲んできっちり技量《スキル》を発揮して平和を守る刑事《デカ》、本当にみんなのためになるのはどっちだと思う？」

「お前みたいな奴に逮捕された人たちが不憫でならないよ」

権力をかさに着てやりたい放題やってるクズだ！　馬車道は口調に嫌悪を込めた。

チルの手元に目を向ける。よく見ると、薬指だけが短く、爪がない。切断されているように見えた。

チルは自身のコートを弄《いじ》りながら言う。

「ほかに痛むところは？　おなか空いてない？」

「これ以上私に関わらないで」

馬車道はこの場から去ろうとする。そばに投げっぱなしのデリバリーバッグを手に取る。

「どこに向かうつもりなの？　私はね、これから豪戸町に向かうんだ。知ってる？豪戸町」

思わず足を止める。彼女のほうへ振り向いた。

「尋問したり、逮捕したりはしないから。話をしようよ」

「言ったな？」

刑事というのが本当なら、手錠や拳銃を携行しているはずだ。しかしチルはそれらを取り出すそぶりを見せない。

ふたりでゆっくりと歩き、その場から移動をはじめた。

「私たちはある犯罪者を追っててね」

「うん」

馬車道はバッグのポケットからくしゃくしゃになったタバコのパッケージを抜き取る。ライターがない。手持ち無沙汰にしていると、チルがガスライターを渡してくる。馬車道は礼を言わずに手に取る。

煙を吸い込んで、ゆっくり息を吐く。『プラシーボ』はタールの含有量が多めの銘柄で、多少気休めになる。馬車道は少しだけ警戒を解いた。

「通称、スラップスティック。わかる？　スラップスティック。昔のコメディアンが使ってた、今でいうお笑いのハリセンの原型みたいな道具で」

「体張る系の、スラップスティック・コメディーのスラップスティックだね。ヴォネガットの小説にもある」

「え？　なにそれ？　……そいつは年齢性別職業、いっさい不明の猟奇殺人者《シリアルキラー》。映画みたいでしょ」

「あんまり面白そうな映画じゃないね」

チルが乗ってきたらしいパトカーのそばにたどり着く。馬車道は車体を背にしてもたれかかる。ここは海岸沿いだから、潮風のせいでじっとしているとやや冷える。たしかに、彼女が着ているコートのような上着が欲しくなる。

「あなたたちはユーチューブとか、よく観るでしょ?」

「観ない! 観ないね!」

チルは自分の話を続けた。パトカーのボンネットに座る。彼女は少し喋るたび、しきりにタンブラーに入れたウイスキーをあおる。

「スラップスティックっていうユーザー名で動画をアップしてた奴。聞いたことある?」

「知らない。ユーチューブなんて大嫌いだ」

「スラップスティックを名乗って、街を練り歩く動画《ムービー》を投稿《アップ》してたの。……それでね、たとえば路上《ストリート》で歩きながらタバコを吸ってたり、缶とボトル専用のゴミ箱にほかのゴミを捨てたり、空いてないからって異性のトイレを使ったり、あと……自転車で歩道を走っておいて歩行者に向かってベルを鳴らしたり。そういう奴らを見つけては、ひそかに忍び寄って隠し撮りする」

「ふーん」

ぜんぶやったことあるな……。誰だってそうでしょ?

「犯罪ってほどじゃないけど迷惑な奴ら。そういう連中を、手に持ったハリセンで軽く叩くんだ。うしろからこっそり回り込んで、パシってね。そしてすぐ逃げる！　その様子を録画《レック》してユーチューブにあげて、ほんの少しだけウケてた」

「ふーん。セコいな……」

「うん。セコいね。そういう活動を、素人《アマチュア》のバラエティ番組《ショー》ごっこ、自警団《ビジランテ》気取りのクソしようもない企画をやって小金を稼ぐぐらいなら好きにしたらよかった。わざわざ警察《デカ》が介入するほどじゃない」

「それもそうだね」

「でも、悪人退治への執着《オブセッション》が暴走して、ただ小突くだけじゃなくて、もっと暴力《バイオレント》的なことをするようになった。ガスガンで撃ったり、防犯《セキュリティー》用のペンキボールをぶつけたりね」

「はた迷惑なやっちゃな～」

「激化《エスカレート》してった果てには刃物《ナイフ》とかも使い出してね。相手に怪我を負わせることも厭わなくなった。最終《ラスト》的にゃ殺しをするようにまでなった。規律《ルール》を守らない奴を攫って、家に閉じ込めて殺しちゃうんだ」

「殺人鬼の誕生譚じゃん。しかもよくある感じの……」

「そいつが豪戸町の立ち入り禁止区域に逃げ込んで身を潜めてる」

「なんでわかんの?」

「さすがにそこまでは喋れないよぉ。機密情報だからね」

チルは会話しながらウイスキーを飲み切ってしまった。

別のポケットからもう一本タンブラーが出てくる。

「殺人犯を追ってんだね。捜査一課ってやつ? でも刑事って二人組で行動するんじゃないの? もうひとりは?」

「詳しいね。警察、好きなの?」

「嫌いだよ。警察はおしなべてみんなから嫌われてるからね」

「相棒《バディ》はちゃんといるよ。ジョージローって奴。私よりひと足先に町に捜査へ行って、行方不明になっちゃった。こいつを探すのも私の仕事のうちのひとつ」

チルはスマホで写真を見せてくる。彼女よりやや若めの、ぽっちゃりとした警官が直立している。

「ジョージローねぇ」

「あなたは?」

ちょうどいい出まかせが思い浮かばない。正直に答えることにした。

「……豪戸、地元なんだ。訳あって、今からそこに行かなきゃいけない。理由は言わない」

「ふーん。乗せてってあげよっか?」

チルはボンネットに座ったまま、フロントガラスを指差す。

「え、いいよ……嫌だ」

「そんなこと言わないで。ここからそんな遠くないとはいえ、さすがに歩いたら何時間もかかるよぉ」

そういえば……。自転車はもう粉々なんだ。そのことを思い出して泣きそうになる。悔しいなぁ。

「でも、あんたと一緒にいるのも、パトカーに乗るのも耐えられない」

「もう。遠慮しないの。あなたは土地勘があるだろうから、案内《ナビゲート》してほしいし。それに、こっちは銃《ピストル》持ってるんだから」

チルは銃を取り出して、トリガーに指をかけてこちらに銃口を向けてくる。エアガンでもやったらすごく怒られるやつだ。

「え、狂ってる」

銃で脅されたからにはやむをえず、馬車道はパトカーの助手席に乗り込んだ。こいつが本物の警官であっても、警官のフリをした犯罪者であっても、自分のことを警官だと本気で思い込んでいる狂人であったとしても、きっと無事ではいられない。

「あなた仕事は？　なにしてるの？」

運転しながらチルが話しかけてくる。酒気帯びのくせに流暢にハンドルを握る。

「フードデリバリー」

「安定しないでしょう」

「公務員様とは違ってね……」

「公務員だって最近はみんな大変《ハード》なんだよ」

だいぶ進んでも、車窓から見える風景は変わり映えしない。ときおり振り返って、後部座席に置いてあるデリバリーバッグに目を向ける。乱暴に扱い続けたせいで、表面がかなり痛んでいる。サバービアが中から突き破って出てきてしまうかもしれないが、今はまだどうすることもできない。

「いい服だね。ワニが描いてある」

話すことがなくなったのか、彼女はクロコダイルのロンTに目を向け、苦笑とも失笑ともつかない笑みを浮かべる。もうすでにボロボロで、ひどい有様だ。

「ああ。いいでしょ」

「ワニ、好きなの？」

「いや、べつに……。まぁでも、いい生き物だと思う。水中でも地上でも俊敏で、実は頭も良くて、鳥を捕まえるためにワナを張ったりもするんだ。地上の生き物に噛みついて水中に引き摺り込むのって豪快でありつつ狡猾で、そういう狩りってなんか、良くない？　なんというか、色気があると思うんだよ。おまけにワニはなんか病気にもすごく強くてね。そして超長生き！　一世紀以上生き続ける個体もいるんだよ。タフで強靭だ。ゴツゴツしたウロコとか、歯とか、ずんぐりした脚もすごくかわいいでしょ。そうそう、ホオジロザメとかはイメージのわりにいうほど人を食うわけじゃないっていうのは有名だけどさ、まぁそれってスピルバーグのせいだと思うけどさ。で、その点ワニはちゃんと世界中で一定数人を殺してて。もっとも、人ひとり丸呑みにするとかはそんなないんだけどね。死因はたいてい溺死なんだ。水中に引きずり込むからね。あ、サメも好きだけどさ！」

チルがうん、うん、うん、と一定のタイミングで相槌を打っていることに気づき、馬車道ははっとして口をつぐんだ。息も止めた。

「あ、ごめん。その、一気に喋りすぎた……。なんでこんなどうでもいいことをベラベラ喋っちゃうんだろうね」

　こういう失敗は最近はあまりしていないつもりだった。うつむいて、親指でこめかみを強く指圧する。

「ふーん」

　チルは話題を変えた。

「さっきはごめんね。酒《アルコール》、苦手だった？」

「え、ああ、うん。昔からぜんぜん飲めない……」

「普段も飲まないんだ？」

「ああ……」

　正直な話、運転席から絶えず漂ってくる酒の匂いだけでも頭が痛くなってくる。アルコールに弱くて得をすることは基本的にないので、ちょっとしたコンプレックスだった。鍛えて改善できるものでもないし。

「お酒飲まないなら、なににお金使うの？　趣味とかあるの？」

　彼女はすぐに質問ばかりしてくる。不快だったが、まだ恥の感情は頭にこびりついたままで、それを少しでも払拭するために答えることにする。

「今はぜんぜん。金ないからね。昔は本読んだり、映画観たり」

チルの反応は芳しくない。返答はため息混じりだった。

「私の母親も、読書がすごい好きだったな。でも専門書とかのちゃんとしたのは一冊もなくて、小説《フィクション》ばっかりだったけど。あと、映画とか漫画とか、音楽も。いい年してそういうのばっかり」

「ふーん。いい母親だった?」

「ぜんぜん。昔から仲が悪くてさ。もう何十年も会ってない。完全に縁を切った」

「そりゃいいね」

「私さ、完全菜食《ヴィーガン》なんだ。なんでかわかる?」

「知らんがな……。体質?　環境のため?　それかアニマルライツ?　なんでもいいよ」

「ぜんぶ違う。単に肉も魚も大っ嫌いだから、死んでも口にしないの!　卵とか牛乳とかは別に嫌いじゃないけどせっかくだからフル制限でやってみてる。これがね、案外カラダの調子も良くてね」

「あっそう……」

チルはコートの内ポケットからふたたびタンブラーを取り出し、飲む。かすかにアルコールの匂いが漂う。

「なんでかわかる？」

「わかるわけないだろ！」

「それも母親のせい」

「あっそう」

運転の途中、ときおりチルがレバーをいじっているのが見える。オートマじゃなくてマニュアル車らしい。車の知識はからっきしだから、このパトカーも本物なのかわからない。豪戸町付近に目的地を設定されたカーナビがときおり音声案内を行う。

「昔……うちの母親がいつもホラー映画……内臓が飛び散ったり頭が弾け飛んだりするやつとか、生きたまま人間を解剖するやつとか、脳みそを食べるやつとかばっかり観てさ。しかも家族みんなで食事してるときにもお構いなしに、家のテレビでさ」

「いいね。ホラーが好きな奴に悪い奴はいない」

「そんなことない。私、それでいっつも気分悪くて。子どものころとか、血がしたたってるステーキとか見るとさ、思い出して嫌な気分になっちゃって。それで肉とか食べるのも嫌になっちゃってさ。もともと血とか見たくないし」

「映画がトラウマになっちゃったなら、逆にもっと詳しくなればいいんだ。メイキング映像見るとかね。全部人の手による制作物だってわかるし、だからこそ面白い」

「そもそもなんでわざわざ金と時間をかけて、人が苦しんだり痛がったり怖がったりしてるところを観る必要があるの？」

なんでだろうね！

「でも、そのメンタリティーでよく警官になったよね。やっぱ、ほかにできる仕事がなかった？」

「まぁね。それに、仕事で見る血は大丈夫」

「なんで？」

「これがあるから」

チルはふたたび銃を取り出して、こちらに見せてくる。

「うーん。やっぱりお前、異常者だよね？」

「頭おかしいから刑事《デカ》なんてやってんでしょうが！」

チルは突然大声を出し、ウイスキーを飲んだ。

「警官に向いてる人間は三種類いる。まず、警察官以外の仕事の適性がない奴、他人を罰することで性的興奮《オーガズム》を覚える奴、そして暴力を振るう権利と銃さえあればどんな危機《ピンチ》も乗り越えられる奴」

「あんたはどれ？」

「全部」

「要するに私はいま、アル中で話が通じなくて、あまつさえ銃を携帯している狂ったおばさんと行動を共にしている、ということ……」

「残念ながらそうなるね。まぁ立ち入り禁止区域まで着いたら解散だね。私はジョージローを見つけて、スラップスティックを殺《や》らないといけない」

馬車道は深く息を吐く。だいたいわかってきたぞ。こいつは自分を刑事だと思い込んでいるだけの、ただの狂人だ。警察なんて見下してしかるべきだと思うが、いくらなんでもここまでおかしい奴はいないだろう。

こいつの言うスラップスティックという名の犯罪者が実在するのかも怪しいところだ。そうだ、きっと得意げに携帯している銃も偽物に違いない。なら、そこまで警戒することもないのかも。

でも、もしそうじゃなかったとしたら……。

黙ってシートに座っていると、つい頭がぼんやりとしてくる。あまりの疲労に加え、適温に保たれた車内の空気のせいで、気を抜くとすぐに眠りに落ちそうになる。でもここで眠るのは危険すぎる。殺されてもおかしくない。

うとうとする馬車道を尻目に、チルが声をかけてくる。

「疲れてるでしょ。着いたら起こしてあげるから、寝てていいよ。遠慮せず休息《チルアウト》しなさい」

「はぁ〜?」

体力はもう限界だった。柔らかいシートに背中を預けながら目を開けているのも、もうままならない。

（第十章） チルアウト

馬車道は自転車に跨って、道路を滑走していた。ゆるやかな下り坂を転がるタイヤは軽快な音を立てる。人や車もまったく通らない。道はほぼ貸切同然で、適切に整備されたアスファルトは不快な振動をいっさい感じさせない。まるで自分専用にあつらえられたコースを走っている気分だった。天気や気温もサイクリングにふさわしく、気分を害する要素はなにひとつとして存在しない。前触れなく降ってきて顔に当たる小雨も、目や口を目がけて飛んでくる小さい虫も、クラクションを鳴らしてくる車も、チンタラ歩く年寄りも、無意味に声をかけてくる自転車乗りの男も、興醒めな信号や通行止めも、ハンドルを握る手を滑らせる汗も、突然やってくる腹痛も、タイヤに挟まる砂利も、ここにはない。坂道はまだ続いている。

今乗っているのはもちろん、十代のころから乗り続けている、代えがたい、自分の人生において特別な意味合いを持つ自転車だ。ワインレッドのフレームに日光が反射し、煌《きら》びやかに光る。サドルやチェーン、ベルやライトといった部品は経年劣化で破損したり、より質のいいものにアップグレードするために交換し続けているから、もうオリジナルのものは残っていない。唯一、買ったときからそのままなのがこのフレームだ。わざわざ自分で色を塗り直しさえした。この乗り物の核ともいえる。完全に後付けだけど、真紅のカラーリングは心臓のメタファーとみなすこともできなくはない。それがある限り、この自転車はどんな形になろうとも、死なない。

たかがモノに過度な執着や愛着を持つような人間ではないと馬車道は自覚している。だから……もし大金が手に入ったとしたら、こんなオンボロは手放してもっといいものを……いや、なにも捨てることはないね。「殿堂入り」、「定年退職」、そして「永久欠番」として部屋の中にスタンドを置いて、それに飾って、毎日ピカピカに磨いて……。

束の間、目の前をなにかがすばやく横切ったのが見えた。馬車道はとっさに腕に力を込め、ブレーキをかける。黒い。ゴミ袋か、猫か……いや、違う。ちっちゃいワニだ！　サバービア。ブレーキをかけるのがほんの少しだけ遅かったらしい。慣性のかかった自転車は止まりきれず、突然目の前に現れたサバービアに前輪を引っ掛けた。タイヤがアスファルトと摩擦する音を聞く。馬車道の視界が九十度傾いた。尻がサドルから離れる。腕と膝を激しく打ちつけてしまった。激しい痛みと熱に顔をしかめたのち、すぐに立ち上がる。多少の転倒や事故くらい、何度も経験している。もう同じミスはしない。

「突然目の前に飛び出してくるなんてダメだよ、サバービア」

そんなことを口にした直後、強烈な違和感が生じた。なんだ？　こんな、都合のよすぎる道路なんてあるわけないじゃないか。自分がよく知っているのは、豪戸町の殺風景で不愉快で陰鬱な道路と、都心の狭苦しい雑多な路地だけだ。著名なサイクリングロードで走ったことなんてない。楽しく自転車を乗り回すことなんて、もうぜんぜんしてなかったはずだ。道路に倒れたままの自転車を見下ろす。前輪がチリチリいいながらいまだ回転している。

背後からクラクションが聞こえた。馬車道はとっさに振り返る。でっかいトラック……というより、トレーラーだ。タンクを牽引している。錆びついた、ものものしい車体をしている。まるでスピルバーグの『激突！』に登場する……というか、そのものだ。映画に出てくるのとまったく同じトレーラーが、ものすごいスピードで、排気ガスとエンジン音をまきちらしながら走ってくる！

進行方向にはまだ自転車がある。やめてくれ、馬車道は叫んだはずだったが、声が出ない。自転車が巨大なタイヤにめきめきと粉砕されるのを見ていることしかできなかった。

自転車を踏み潰して、トレーラーはなにごともなかったかのように道路の向こうへ走っていった。馬車道は頭が真っ白になって、口を半開きにしたままその場にしゃがみ込む。

「ハタリ、大丈夫?」

どこからともなくやってきた、サバービアを大事そうに抱きかかえたハスミンが声をかけてくる。

「ぜんぜん大丈夫じゃない、かも」

「ぼくたち、ひどい目に遭ってばっかだね」

ハスミンはペシャンコになった自転車に近づいて、それに哀れんだような目線を向けていた。ハスミンの腕の中で、サバービアが前脚をしきりに動かしてじたばたしている。地面に降りたがっているように見えた。ハスミンはかがんでサバービアを下ろす。

サバービアは自転車の残骸までゆっくり歩いていって、それを食べはじめる。口を大きく開けて、おいしそうに……なんでこんな気持ちになっているのか自分でもわからないが、サバービアがバキバキと部品を食べているのを目の当たりにしても、そんなに嫌だとは思わなかった。すごくおいしそうに食べる。ひと口もらいたいくらいだ！

結局、サバービアが自転車を食べ切るのを最後まで見届けてしまった。満足したサバービアはその場で眠ってしまう。また車が通るといけないから、抱きかかえて歩道まで連れていく。振り向くと、もうハスミンはいない。

「あれ？」

やっぱりすごく変だ。

目を開ける。口の中が乾いていて、喉が痛い。馬車道は自分が助手席のシートに座っていることを思い出す。隣を見ると、さっき出会った金城チルが欠伸《あくび》混じりにハンドルを握っているのが見える。

「おはよ。そろそろ着くよ」

これまで無防備を晒して眠りについてしまっていた自分に戦慄しつつ、車窓に見える風景を眺めた。よく知っている。昔何度も通ったあの道だ。

「ここさ、どっちに曲がればいいのかな」

チルは寝ている自分をゆすり起こしたらしい。三叉路の前でパトカーをアイドリングさせながら停止させていた。喉の渇きに咳き込みながら、馬車道は記憶をたぐり寄せる。三叉路の中心に直径一メートルほどの太い樹木が鎮座し、それにはしめ縄が巻かれている。大きな樹木を避けるかたちで、これまで直線が続いていた道路が二股に分かれる。

この樹木は昔の道路整備の際、唯一伐採を免れた。土着信仰の神木というやつだ。ジャマだな！

「どっちに進んでもそんなに変わりないけど……」

ここまで言いかけて、馬車道は口をつぐむ。ちょっと前までは単なる分岐で、どっちに進んでも同じルートに合流するものだった。でもおそらく、今は話が違う。大洪水で崩れた土砂が道路を塞いだ。今は作業員が出払っているから、ほったらかしになっている。きっと現在も、右側の道路は車両が通れなくなっているはずだ。

「いや……左。左だ」

「そう」

チルはハンドルを左に切る。しばらくして、一般人の侵入を拒む簡易的なフェンスが立ち塞がる。彼女はスピードを緩めず、車体でそれをぶち破って先へ進む。そのときの振動を全身で感じ、馬車道は肩を揺らした。さっき怪我した腕が痛む。

「ここから先は侵入禁止エリアだよ。被曝しても、死んでも文句は言えないよ」

「うん。もうどうでもいいや……」

周囲の雰囲気が一変したような気がする。道路はまったく整備されておらず、ところどころがひび割れている。脇には雑草が生い茂って伸び切っており、葉がしきりに車体を撫でるのがわかる。車が振動して、身体が揺れる。

「どう？　懐かしい？」

馬車道は車窓を眺める。もちろんひとけはまったく感じられないが、風景は記憶の中のそれとさほど違いはない。

「別に……」

久方ぶりの帰省はそれほど感慨深くない。いっそのこともっと荒廃してド派手にポストアポカリプス的世界観になってればよかったのに、と思う。

昔よく行っていたコンビニの残骸を発見し、せっかくだから写真の一枚でも取っておこうと思う。スマホのカメラアプリで撮影したのち、ふと、画面の右上に目が行く。電波を拾えていないようで、圏外の表示が出ている。

「ん。電波入らない」

「廃墟《ゴーストタウン》だからね」

「そういうもんなの？」

「私はポケットＷｉ－Ｆｉを持ってきてるけど、貸してあげないよ」

近くに駅舎が見える。ここらへんは、かつての町の中心部だった。チルは車を減速させつつ、茂みに突っ込んだ。外から見えない形にして、停車する。線路はとっくに廃線になって、雑草が生い茂っていた。

「どうしたの？」

「ここに停車《パーキング》するよ。これ以上乗ってると、帰りのぶんのガソリンが持たない」

「なんでこんな変なところに停めんの？」

「隠しとかないと壊されたりパクられたりするから」

「たしかに、誰も見てないところにパトカーが停まってたら私でもボコボコにするかな。ストⅡのボーナスステージみたいに！」

「うん？」

チルはまったくピンと来ていなかった。キーを抜いてドアを開ける。馬車道もそれに続いた。車から降りたあと後部座席を開け、デリバリーバッグを回収する。少しだけチャックを開けて中を見る。これまでとなにも変わらず、サバービアはバッグの中で狭そうにしながらじっとしている。

あとはこいつをここらへんに放せば終わりだ。


「ところで」

バッグを背負い直そうとしたところ、後方からチルに声をかけられる。バッグを足元に置いたまま振り返る。

彼女は銃を握っていた。人差し指をしっかり引き金にかけているのが見える。

「なに？」

銃が本物であるという確証がない以上、過度に怯える必要はないと思う。馬車道はうずくまったり両手をあげたりはしない。むしろ、こうした事態は事前に想定していた。ここに着くまでそれなりに楽しい会話を交わしたとは思うが、信用に値する相手ではなかったということだ。

「最後に、その持ち物《バッグ》の中身、見せてもらってもいい？」

「やだ」

確かに、かなり場違いな、とても普段使い用には見えないバッグの中身を追究しないのはむしろ警察としては不自然だ。

「意地張らないの！」

仮に彼女の握る拳銃が本物（か、それに近い威力に改造したガスガンとか）だったとしたら、背後にあるサバービアのバッグをとっさに摑んで盾にする。あれだけ頑丈なサバービアの身体なら、たぶん銃弾を受け止めることだってできるはずだ！……いや、さすがに間に合わないぞ。無意識のうちに『マトリックス』みたいなバレットタイムの画面を思い浮かべながら想像してたけど、そこまで俊敏に動けるわけじゃない。こちらが少しでも怪しい動きを見せたら、チルはすかさず発砲するだろう。

ところで、こんな感じでよく銃口を向けながら会話する場面があるけど、そういうとき、銃を持ってるほうはなんでさっさと発砲しないんだろう？　それはさておき、引き金を引くだけで相手が死ぬってどんな気持ちなんだろうか。

「なにボーッとしてんの？」

チルの声が聞こえて、馬車道は我に返る。また違うこと考えてた。

「あのさ」

「はい」

チルは銃口をこちらに向けたまま、姿勢を崩さない。よく見ると、彼女は左手で銃を握っている。左利きなんだろうか。ハサミや楽器がそうであるように、銃にも右利き・左利き用がそれぞれあったりするの？　しないか。

「仮にあんたが私を撃ち殺したとして、その後どうするの？」

「その荷物の中を確認《チェック》するよ」

「じゃあなんで、わざわざ私を車に乗せて、ここまで連れてきたの？　さっきまで死にかけてたんだから、そのときさっさと力ずくで奪えばよかった」

「私には私の考えがある。口を挟まないの」

今まで以上に話が通じない。


サバービアが友達のピンチを察して、バッグを食い破って中から出てきてさ……あいつに噛みついて私を助けてくれたりしないかな。

『ニュー・サバービア』の作者がしていたように、サバービアを操る方法がある。そのためのウクレレは……あの工事現場に置いてきてしまった。鉄球の攻撃を受けて、すでに原型をとどめてはいない。ウクレレでないとダメなのか？　なにか、ほかに方法はないのだろうか。音に反応するんだったら、ウクレレに近い音を鳴らせばいいんじゃないのか。

「逆にさ」

馬車道は疑問点を直接口にしてみる。

「うん」

チルは案外聞き分けがある。そうだ。この膠着状態のままずっと会話を続けて、彼女の腕を疲れさせてさ。腕を下ろしたり銃を持ち替えたりしようとした一瞬のタイミングを狙って飛び掛かる！　そして銃を奪う。完璧だ！　……ってまさか。

「この中身ってなんだと思う？　なにが入ってると思う？」

チルは答えない。もしかしたら、もう知っているのかもしれない。しかし、もしそうならわざわざこんな回りくどい手間をかけて奪おうとする理由がわからない。

馬車道は質問を変え、鎌をかけてみることにする。かかとで背後のバッグを軽くつつきながら、言う。

「ほしい？　だったら、いくら払える？」

チルは無言のままだった。彼女の表情は、道中までのふざけたアルコール依存症の中年のものから、冷酷な刑事の顔に変貌しているように見えた。

「一銭《ビタイチ》も払うつもりはないよ。だから、こうしてる」

彼女が銃を構える腕の位置が、ほんの少し下がったのを見逃さない。引き金に指をかけてすぐにでも発砲できる姿勢をとってはいるが、まだ撃つそぶりは見せない。

「誓って言うけど、違法なものが入ってるわけじゃない。単にプライベートな私物だから見せたくないだけ。まぁデリバリーのバッグに入れてるのは変かもしれないけど、ほかにカバンを持ってないんだよ」

もう小手先のごまかしは通用しなさそうだった。チルは表情を変えずに、その場から微動だにしない。まだ撃ってこない。

「ラチがあかないねぇ」

チルはため息を吐いた。そう言いつつも、こちらへの注視を緩めはしない。

「だろ。だからこんなことやめて、あの……あれだ。ジョージロー。ジョージローを探しに行ったほうがいいと思うよ」

彼女の相棒の名前を覚えておいてよかった。

痺れを切らしたのか、チルは声を荒げた。

「じゃあもうわかった！　単刀直入《ストレート》に聞くよ！　あなた、団体《チーム》の一員《メンバー》でしょう？」

「チーム？」

なんの？　シラを切っているのではなく、本当に知らない。それを強調するために馬車道は眉をひそめて小首をかしげる仕草を誇張して行った。それは逆効果だったかもしれないと、やってから思う。

「もういいや。時間切れ《タイムオーバー》だよ！　いい加減に」

チルの言葉の続きを馬車道は聞き取れなかった。彼女は意味のある言葉のかわりに、短いうめき声をあげた。同時に鈍い打撃音がする。チルは目をかっ開きながら、受け身も取らずに前向きに倒れた。

「なんてこった《ファック》」

最後に、かすかにそう言ったのを聞く。

何者かがいつの間にかチルの背後に忍び寄り、頭部を殴りつけたらしい。とっさに脳を揺さぶられたチルは、平衡感覚を保てなくなった。その様子は馬車道からも見えなかった。

「危なかったね。お兄さん」

「えっと……」

チルの背後に回り込んでいたその人物は、虚ろな目をしながら微笑んだ。「お兄さんじゃなくて……」と訂正する間を作れなかった馬車道は、気を失ったチルを呆然と見下ろす。殴られたことによる出血や損傷はないが、アスファルトに倒れ込んだので顔を怪我しているようだ。

視線を上げる。忽然と現れて自分の窮地を救ったその人物を見る。目が合わなくて、顎を上げる。馬車道は日本人男性の平均身長よりも背が高いが、その人物は彼女より頭ひとつぶんほど勝る身長だった。目測で二メートル近くあるように見える。とはいえ青白い皮膚と細い手足をしているせいで、さほど威圧感はない。おまけに角ばった頭部と、やぼったい黒髪の短髪、生気をあまり感じられない表情。これはまるで……。『フランケンシュタイン』の怪物……厳密に言えば、フランケンシュタイン映画の元祖でボリス・カーロフの演じたフランケンシュタインの怪物……をモチーフにした、『ミツバチのささやき』に出てくる『フランケンシュタイン』の怪物を彷彿とさせた。

今のこの町は、なんとなくあの映画のロケーションに似ていなくもない。

ところで、メアリー・シェリーは十八歳のときに匿名で『フランケンシュタイン』を書いた。今どき十代デビューの小説家はさほど珍しくない。私はそれになれなかった。

その『フランケンシュタイン』の怪物に似ている人物は、右手に一メートルくらいの棒を握っている。錆びた鉄製の……棒《スティック》だ。小学校にある鉄棒を彷彿とさせる。それでチルの頭を、思いっきり殴打《スラップ》した。先のあたりが若干曲がっている。彼女を殴ったせいだろうか。

〈第十一章〉ストーカーズ

馬車道はデリバリーバッグを拾い上げ、背負う。こんなことになるとは思わなかった。サバービアは町のもっと奥の方まで行って放したほうがいいのかもしれない。ただでさえ人の立ち入らないこの地域の中でも、さらに危険で殺伐としたエリア、たとえば発電所の構内とかにそっと隠すのがいいんじゃないかと思う。サバービアは放射線を浴びることに対しても耐性があるのだろうか。

もう無事に家に帰ることは考えていない。馬車道は目の前の人物に目を向ける。

この人物は何者なのだろうか。この町に住むことはできないはずだから、自分とチルのように、なんらかの目的で外から不当に侵入してきたのだろうか。

「お兄さん、なにがあったんです?」

その人物はチルを殴り倒した棒を肩に担ぎつつ尋ねてくる。窮地から救われたのはいいが、直前に凶器として扱われた棒にはどうしても威圧感がある。死ぬのはそこまで怖くないが、痛いのは嫌だなぁ。

「見ての通り、突然殺されかけて」

汚れてボロボロの自分の容姿とは裏腹に、その人物の纏っている衣服は洗濯したばかりのように清潔だった。髪の毛や皮膚も乱れていないのが、むしろ気がかりだった。

「ここは立ち入り禁止区域ってことになってるから、あんまり近寄らないほうが……。健康にも良くないし」

静かに笑いかけられる。なんだかくたびれたような表情をしている。悲哀が漂っていて、そういうところも『フランケンシュタイン』の怪物を連想させる。

「どうしてもここに来なきゃいけなくて」

もし、と馬車道は考える。もしこの相手が信頼に足り得るような人物なら、サバービアを任せてみるのもいいのかもしれない。すべてを打ち明けて、バッグを渡して、チルが乗っていたパトカーに乗って家まで帰ってしまおうか。免許ないけど。

「なるほどね。まぁ、これもなにかの縁ってことで。お兄さん」

鉄の棒をこれ見よがしに掲げ、微笑む。馬車道はそれの凹んだ部分に目を向けた。チルが言っていた逃亡犯のことを思い出す。スラップスティックというのは木の板を組み合わせた鳴り物であり、棒ではない。

あの……と手のひらをこちらに向けてくる。名前を尋ねようとしているのだ、と思った。馬車道は答えあぐね、答えの代わりに言う。

「あと、『お兄さん』じゃなくて」

「あ、女性？　ですか。すいません、失礼でしたね」

申し訳なさそうに頭を掻くのを見る。わざとらしい仕草だが、詫びの意思は伝わってくる。

でも、と続ける。

「でも……あんまりそれって言わないほうがよかったかも」

「どうして？」

「わかってると思うんですけど、ここは……柄の悪い連中の隠れ場になってるんですよ。法の監視が及ばない地区になってるので。無法地帯ですよ。そのうえ、そのなかでもとくに破れかぶれになってるようなのが」

まぁそうなるよね。馬車道は頷く。

「そういう奴らはなにするかわからないでしょう。誰にだってお構いなしですよ」

この時点で、どのくらい自分の身体は放射線の影響を受けているのだろうか。今はまだなんともなくても、のちのちに後遺症に苦しめられる可能性もある。それを踏まえたうえでこの町にやってくる、あるいはとどまっていることを選んだ人間は、自分も含めてもうあとがないような奴らばかりなんだろう。

「まぁ、どうでもいいですよ。馬車道。乗り物の馬車の、道で。そのまま馬車道」

「珍しい名前ですね」

そんな苗字は実在しないのだが、とくに追及されたり疑問を持たれたりはしない。

馬車道は相手の名前を尋ね返そうとは思わなかった。『フランケンシュタイン』の怪物に名前はない。

「俺は……あの、本名じゃなくていいですか」

「別に無理に名乗らなくても」

彼ははにかみながら自身の着る薄手のサマーセーターに指をさす。ベージュの布に、丸っこいフォントの赤字でＨＯＮＥＹＤＥＷとデザインされている。人差し指でそのテキストを強調した。

「ハニーデュー」

馬車道は発音が正しいか若干不安に思いながら言う。彼は頷いた。

「このセーター、ここで手に入れたんですよ。気に入ってずっと着てて。気づけばこう呼ばれるようになって」

「呼ばれるって、誰に？」

「さっきも言いましたけど、ここに住み着いてる連中は案外少なくないんです。そういう奴らは本名を教え合ったりなんかしないですよ。そんな連中誰も信用ならないからね。俺も含めてですけど。あなたもそう呼んでもらえると幸いです。もしその機会があればでいいですけど」

ハニーデューは悲哀に満ちた表情のまま、口角を少しだけ上げてこちらに目配せをしてくる。だろ？　とでも言いたげだった。彼は「馬車道」が本名じゃないことも見抜いているのかもしれない。

「呼び方なんて好きに決めりゃいいんですよね。ゲームで自分の操作するプレイヤーキャラに名前を入力するみたいに」

彼は咳払いをする。早口に、次々と言葉を投げかけてくる。これまで会話相手に飢えていたのだろうか。

「まぁ最近はカルトの連中が幅を利かせてて不愉快ですけど。あいつらやりたい放題ですよ。王様にでもなったつもりでさ」

「カルト？」

疑問げに繰り返す。ハニーデューはそれが不可解そうだった。

「知らないってことはないでしょ？　あなた、宝探しに来たタイプじゃないの？」

「宝……探しぃ？」

「はい。タルコフスキーの、『ストーカー』って映画があるじゃないですか」

「ええ」

馬車道は曖昧に返事をした。観てない！　サブスクの配信はなかったし、ＤＶＤはなかなか手に入らなかったし、なにより、仮に観たとしても、タルコフスキーなんて内容が難解すぎて理解できそうにない。さすがにどういう話かは知ってる。

この期に及んでも、いちばん悔しいのは映画の話題についていけないことだ。

「あれは『辿り着けば願いが叶うという噂の部屋』を探しに、立ち入り禁止区域に向かう人たちの話じゃないですか。ここに来る連中はそれと同じ」

馬車道は頷く。ハニーデューは話を続ける。

「カルトの連中が溜め込んでいる価値のあるものをかっさらったり、まだここに町があったころの、現地住民が残していった物品を集めたり。この界隈ではそういうことをする連中のことを『ストーカー』って言って。その映画からの引用なんですけど、これ、俺が流行らせたんですよ。マジな話。作中での用法とは若干違うんですけどね」

彼はストーカーという言葉を、一般的につきまとい等の犯罪者を表す名詞とは違うイントネーションで発音した。

「つーか、まだそんなことやってんのかよ」

そうするつもりはなかったが、不意に言葉が漏れ出た。

「まだって？」

「あ……。昔この地域が大洪水に見舞われたとき、いろんなものが流れ着いて。バカなガキや貧乏人が、こぞってそういうのを漁ってたんです。売って金を稼いだりね」

「詳しいですね。あ、もしかして、ここ出身？」

馬車道は頷く。

「なるほどね。あなたにとってはある種の帰省なんだ！　え、じゃあ、経験あるんですか？　この町でなにか価値のあるものを探すの」

「そんなことしてなかった。みじめな気持ちになるから」

「そういうもんですか」

「自分が参加してないパーティーの、後片付けだけやらされてるようなもんじゃない？　私は嫌ですよ。そんなん」

ハニーデューは小さく笑う。

「一理あるー。でも、参加者が食べ残したおいしい料理とか、置き忘れていった財布とか、持って帰れますよ」

「でもそんなの、楽しくない」

「楽しくなきゃダメですか？」

「……ダメだよ」

ハニーデューはゆっくりまばたきをする。

「俺、こう見えて学生だったんですよ。映画学校の。卒制で豪戸町のドキュメンタリーを撮ろうと思って、ひとりでロケハンに来たんです。今は二十四ですけど」

「あ、年下だ……」

そうは見えない。

「結局この国は歴史の教訓を活かせませんでしたね。無理に原発を動かして、このザマです」

彼が作っていたのは劇映画ではなくてノンフィクションらしいのだが、両腕を広げるその仕草は芝居じみている。

「言えてるね！」

「それを告発してやろうと思って。人が住めなくなって、死体すら片付けないでほったらかしにして蓋をしたこの国の行政の実態をカメラに映してさ。でも、それはもうできなくなっちゃいました」

「どうして？」

「カメラを盗まれちゃって。事故以降にもひそかにここにとどまってる地元民ですよ。カルトとは別の勢力って考えたらいいですね。放射線を浴びて凶暴化した地元民！　みたいな、あはは。かれらは俺たちみたいな『ストーカー』連中が大嫌いなんですよ。なぜかっていうと……」

「この町にはカルトと、現地民と、ストーカーがいる？」

「……あなた、すぐ話に割り込んできますよね。別にいいですけど、人の話は最後まで聞かないと肝心なことを知りそびれますよ。そう。今のこの町の主要な勢力ですね。ゲームみたいでわかりやすいでしょ？　俺の最終目的はケッセイを手に入れることと！」

「けっせい？」

また話に割り込んでしまった、と自覚する。ハニーデューは呆れたように微笑む。

「血清！　薬品です。ＳＦじみて……すらないね。どちらかというとじみてるのはオカルトのほうかも」

「血清……」

「カルトが管理してるやつですよ。不死身の生き物を作るための」

「え？　というと」

また聞き返されて、いよいよハニーデューは露骨にむっとする。このことについては答えてくれなかった。

「えーっと、そろそろ話戻していいですか。俺は学生のとき、映像を撮るためにここに来たんです。でもカメラを盗まれて。それを取り返すために四苦八苦してるうちに、長い時間が経っちゃいました。それで、いっそここに住んじゃおうかなって」

「どのくらい経ったの？」

ハニーデューは右手でピースサインを作った。

「去年の春ごろに来て、帰れなくなって、二十四になって……また春になって……もう一年半くらいに」

「そんなに！」

「案外、確立したコミュニティーがあるんで。対価を払えば食事や日用品だって手に入るし、風呂に入ることも、清潔な服を着ることもできて。しだいにこの町での自分の立ち位置を確立していきました。ここらへんをテリトリーにして、骨董屋のハニーデューとして。なんか、ここも案外悪くないなって。どうせ帰ってもお先真っ暗だし？」

「骨董屋」

「そう。レアなものを集めて、欲しい人に売りに行くんですよ。たとえば、こういう……」

　ハニーデューは気絶したままのチルのもとへ歩いていく。かがみ込んで、彼女の手元から拳銃を取る。しばらく手に取っていじる。

「こういうタイプの拳銃って、中の弾の有無がひと目でわかるようになってるって知ってました？　ほらこれ、空っぽ。弾入ってない。脅しに使ってただけみたいだ」

　彼はマガジンを外したチルの拳銃を見せてくる。空っぽの銃にビビり散らしていた自分に恥ずかしくなる。それでも、いちおう本物であることは確かなのか。

　次の瞬間、ハニーデューの身体がよろめいた。

　気を失っていたはずのチルの腕が動く。ハニーデューの足首を摑んだ。即座に立ち上がりながら強く引くのが見えた。彼の身体がひっくり返る。

「げっ、生き返った！」

　気絶していたわりに、今はピンピンしている。

「死んでないよぉ。もっと言えば、気絶《ダウン》すらしてない。したフリをしてただけ」

馬車道は一歩後ずさる。尻餅をついたハニーデューが立ち上がるより先に、チルはコートの内側からなにかを取り出す。手錠だ。素早い手さばきで、彼の腕にカチャリと輪をかける。

「やりぃ！　捕獲《ゲット》ぉ～！」

反対側の輪を左手でしっかりと握り込みながら勝ち誇る。ハニーデューは腕や身体を揺さぶって暴れるが、なかなか彼女から逃れられない。チルは彼を拘束したまま、コートからなにかを取り出す。酒の入ったタンブラーだ。それを右手に摑み、彼の頭部に向かって勢いよく振り下ろしてみせる。ハニーデューは咄嗟に身をよじってそれをかわそうとした。

コツン、と軽い音がする。チルは直前で力を緩めたらしい。タンブラーの底で、彼の頭を軽く小突いただけだ。

「話聞いてたけど、そのカルトっていうのは、いわゆる『チーム』のことでいいんだよね」

「チーム？」

急に立場が逆転し、ハニーデューはうろたえているようだ。

「この町を仕切ってる集団のこと……。世間の目から逃れるために、連中は特定の名前を持たない。この町の連中は便宜的にそう呼んでるって聞いた」

小競り合いを続けているふたりを尻目に、馬車道は口を挟む。

「その、カルトっていうのは……」

どちらも聞いていない。豪戸町にあった新興宗教法人はあくまで詐欺と金儲けを目的としたケチな組織であって、断じて違法に地域を占拠して支配したり、テロを目論んだりするような感じではなかった。あまり頭のよくない現地住民に、効果のない健康食品やセラピー商品を売りつけたりしたうえ脱税することのみを目的とする団体にすぎなかった。

手錠を介しての格闘が続いていた。その間お互いになにかを言い合っていたが、馬車道はあまり聞き取れなかった。

「じゃあつまり、あんたは団体《チーム》の構成員とかじゃないと」

「そりゃそうだろ！　むしろ逆だよ、あんたこそ違うのか」

蚊帳《かや》の外に追いやられつつ、馬車道はだいたい全容がつかめてきたと自覚する。チルは車を降りたときから背後に潜伏する怪しい男のことに勘づいていた。あえてスキをさらしながら大げさに目立った行動をして、彼が近づいてくるのを待った。案の定、彼は背後からチルに忍び寄って殴りつけた。急所を外したのだが、チルはわざと致命傷を喰らったフリをして……その場に倒れた。その間、カルトのメンバーかもしれない男の言動を監視するためだ……とのこと。

彼女の予測は外れて、ハニーデューは「チーム」なるカルトの関係者ではないとわかった。だから、これ以上敵対する必要はなくなった。自分はハニーデューの注意を引くための芝居に使われただけだったわけだ。チルが本当に追っているのは、個人の犯罪者ひとりというより、カルトの組織そのものなのかもしれない。

ということだ。まだ気になることはたくさんあるけど、それでこの一件は片付いた。これ以上時間を浪費したくなかった。馬車道はバッグを背負い直して、この場から立ち去ろうとする。

「あら。ちょっと、どこ行くの」

チルがこちらに気づき、声をかけてきた。

「もう行くよ……」

なんでさっき堂々と銃を向けておいて、こんなに馴れ馴れしい態度を取れるんだ。

「一緒に行動したらお互いに都合がいいんじゃない、馬車道？　せっかく新しい友達がふたりもできたんだし」

こいつには名乗ったつもりはないのだが、チルに名前を呼ばれた。ハニーデューとの会話を聞かれていたらしい。

〈第十二章〉 ストレンジャー・ザン・パラダイス

「もうちょっと先に進めば開けたエリアに出るんですが、けっこう危ない地帯を経由する必要があります」

ハニーデューは馬車道たちを先導する。

「危ない地帯？」

「カルトの総本山みたいなとこで。連中が完全に幅を利かせてるんです。奴らはここに住んでるから、騒ぎを起こさないように……」

「だとしたらなにが問題なの？」

チルは動じていない。殺風景な景色に目をやりつつ、持参したタンブラーの中身をちびちびと飲む。あたかも観光気分のようだった。

「油断しないように！　あいつら頭がおかしいんで。間違えて入り込んじゃった感を出しながら、黙ってさっさと通り抜けましょう」

「まぁ、なにがあっても大丈夫だよ。これがあるからね」

チルは拳銃を取り出して見せつけてくる。とくに必要もないのに引き金に指をかけていて危なっかしいが、弾は込めていなかったはずだ。

「でも、中身空なんでしょ。ちょっと触らせてよ」

馬車道はチルの手元から拳銃を取る。サイズは小ぶりだが、思ったより重さを感じる。グリップを握り込んでみると、しっかりと手になじむことがわかる。自転車のハンドルにもどこか似ていた。

撃鉄を起こす。片目を閉じて、見よう見真似で腕を伸ばして構えてみた。

目線の先にアパートの廃屋がある。それに向かって、なんの気なしに引き金を引いた。

腕に強い振動を感じ、頭部を殴られたかのような衝撃を受けた。耳元に感じた破裂音のせいで、ひどい耳鳴りがする。馬車道はとっさに拳銃を足元に落とす。

拳銃から放たれた弾丸はアパートの窓に命中し、ガラスを砕いた。

「うおおお！　弾入ってるじゃん！」

「なにやってんの！」

チルは馬車道が落とした拳銃を拾い上げ、砂埃を払ってからすかさず懐にしまう。

「空っぽだったじゃん！」

「さっき再装塡《リロード》したんだよ！　念のために」

「危な〜っ。はやく言ってよ。あんたに向けて撃とうとしてたわ」

遠くでなにか声が聞こえる。数人分のどよめきのようだった。

「やべ！　部屋ん中に誰かいたっぽい」

「なにやってるんですか！　まずい。はやく逃げないと……」

ハニーデューはなにやら動揺を見せ、足早に先に進もうとする。馬車道とチルは彼の後を追う。


しばらく先に進んだのち、かつて団地だったエリアに入り込む。建物が乱立して入り組んでおり、視界が悪い。そこらじゅうに廃材やゴミが散らばっている。

馬車道らは団地の敷地内にある公園を突っ切ろうとする。シーソーと小さいジャングルジムだけが申し訳程度に置かれた、殺風景な公園だ。幼いころに来たことがあるようなないような、馬車道は幼少期の記憶をたぐってみるが、とくになにも思い浮かばない。

「子どもだ」

チルはふと馬車道の肩を叩き、前方を指差す。公園に誰かがいて、シーソーの上に立っている。遊んでいるようにも見えるが、声はまったく聞こえない。

「子どもだね。ふたり」

馬車道とチルは前方にいるそれらを見た。小学生くらいの子どもの二人組に見える。なんでこんなところに子どもがいるのだろうか。容姿や衣服などはごく普通で、整っている。見た目からはとくに奇妙な点は窺えない。

ふたりのやりとりを黙って聞いていたハニーデューは、公園にいるふたりの子どもの姿を認めるや否や顔色を変えた。

「拓人《タクト》と花梨《カリン》だ。迂回しましょう。奴らには絶対に見つからないように……」

「なんて？」

ハニーデューは額の汗をセーターの袖で拭って、咳払いをする。

「えーと、奴らはここで生まれた子どもで……。まぁいいや！　とにかく逃げますよ！　絶対に奴らと目を合わせないように……」

彼の表情には明確に恐れの感情があって、ただならぬ雰囲気を感じさせた。

「そんな言うなら……」

馬車道とチルは顔を見合わせる。釈然としないが、そこまで言うなら……。

馬車道は公園にいる子どもたちにそっと目線を向けてみる。

かれらはこちらのことを興味ありげに眺めている。軽く手を振ってみた。なにも反応はない。

「あのさぁ」

チルが口を開く。進行方向を変えようとしたハニーデューに向かって、疑問げに言う。

「なんでわざわざこんな」

ここまで言ってすぐ、彼女の声は聞こえなくなった。口は動いているのに、なにも聞こえない。ふざけてんの？　馬車道はいきなり口パクしだしたチルに向かって眉をひそめる。

チルは明確に狼狽《うろた》えていた。その場で手を合わせ、音を鳴らそうとする。手のひら同士を強く合わせているのだが、馬車道にはなにも聞こえない。

チルは小首をかしげた。ふたたび口だけを動かす。

あ……。馬車道は今の特異な状況に気づいた。チルがふざけているのではなく、なにも聞こえなくなっている。試しに言葉を発してみるも、音によって喉が振動する感覚があるだけで、耳にはなにも届かない。一瞬にして聴力を失ったのか？

腕や手をめちゃくちゃに振って、この出来事をジェスチャーでふたりに伝えようと試みる。ハニーデューもチルも同じような仕草を見せる。全員同じような状態に陥っているようだ。

どういうこと?

ハニーデューは大きく口を動かし、どこかを指さす。なにを伝えようとしているかはわからない。つかの間、彼は指をさした方向に向かって走り出す。

チルもそれに続いた。一瞬遅れて、馬車道も走り出す。足元や自分の息遣いさえも聞こえなくなっていて、なんだか感覚が不安定だった。結局来た道を引き返すことになってしまう。

ハニーデューを追ううち、ふたたび感覚に異変が起こる。なんの前触れもなく視界がなんだか不明瞭になった。しきりにまばたきをして、走りながら片目ずつそれぞれ手で覆ってみる。右目が完全に見えなくなっている。

慌てながらまばたきを止められずにいると、もう片方の視力も消失していった。日の光すら感じられなくなって、思わずその場にへたり込みそうになる。音も聞こえないし、なにも見えない。馬車道は自分がどこにいるのかわからなくなる。

聞こえないのを承知で、チルたちの名前を叫んでみる。かれらはどこにいる。

背中に振動を感じた。おそらく、バッグの中でサバービアが動いている。後ろ脚かなにかで背中を蹴っているのだ。それに押されるかたちで、馬車道は当てずっぽうに前進する。

なにかに躓《つまず》いて転んだ。痛みを感じながらゆっくりと立ち上がる。

腕を伸ばして障害物を確かめながら、ひたすら前へと走った。自分がどのくらいの距離を移動しているのか、判断できない。これはいったいどういうことなのだろう。放射線を浴びすぎた弊害なのだろうか。これから一生、視力と聴力を失ったまま生きなくてはならないのだろうか。もう本も読めないし映画も観られないね。それもしょうがないか。

無限の広さがある暗い部屋に閉じ込められているような感覚に陥る。歩みは続けているつもりだが、本当に歩けているのかも確かではない。

過呼吸になりながらふらふらしていると、なにか強い衝撃を全身に感じる。顔面がひどく痛む。なにかに正面から激突したようだ。聞こえはしないが、自分が反射的に悲鳴を上げたことがわかる。

平衡感覚を失ってその場に倒れ込んだ。

ふたたび立ち上がることもままならない。なにもできずに、その場に横たわる。風が吹いているのがわかる。急に身体が冷えるのを感じ、身震いする。

時間の感覚も不明瞭になっている。どれだけ自分がそうしていたのかわからないまま、じっとしていた。

ここで、自分の呼吸の音が聞こえはじめる。息切れを起こしながら、とっさに耳を澄ませる。立ち上がる。靴底を地面に擦りつけてみる。耳障りな音が聞こえた。どういうわけか、聴力が回復したようだ。

「チル！　ハニー！　どこ？」

とっさに声を張り上げる。

「馬車道？」

返事はすぐに返ってきた。大声が耳元で聞こえる。思ったより近くにいるのだろうか。当てずっぽうに腕を振り回してみる。なにか柔らかいものが指に触れた。

「隣か。隣にいるのか」

「ん？　今のこれ、馬車道？」

「そう。そうだよ……」

直後、眩しさを感じる。顔をしかめながら反射的に瞼を閉じたのち、ゆっくりと開く。閉ざされていた視界がふたたび明瞭になっていく。

「あ、見える……見えるよ」

どういう理屈かはわからないが、失った感覚が戻ってきた。

「私も……」

チルはすぐ隣にいた。周囲をキョロキョロと見渡す。来た道をだいぶ戻ってきてしまったようだ。自分の身体に目を落とす。身に覚えのない傷が身体中にあり、出血が目立つ。

「いつの間に……」

チルも同様のようだった。満身創痍になって、着ていたコートをボロボロにしている。

「ふたりとも、平気でしたー?」

遠くから声が聞こえた。ハニーデューだ。彼はこちらに駆け寄ってくる。そばに来てから、手に持った棒を杖がわりにして立つ。

「あの……目と耳が……」

ハニーデューは咳払いをした。

「よく逃げてこられましたね。あれ以上あそこに留まってたら、五感をぜんぶ奪われて殺されてた」

「どういうこと?」

チルは目を細めながら尋ねる。

「さっき公園に子どもがいたでしょ。奴らは事故後にここで生まれた子どもで、一種の怪物みたいなもんです」

馬車道は口を挟みたくなったが、呼吸が乱れているせいで声が出せない。その場に座り込む。

「それとなんの関係が？」

「奴らは五感を奪うんだ。目を合わせた人間の感覚を壊す。そういうことができる。たぶん生まれつき持った特性なんだ。すぐに離れて時間を置いたからよかったものの、本当に危なかったですからね」

「ふーん」

「カルトは子どもすらも利用してるってことですよ。別のルートを通って先に進みましょう。ここじゃこういうの、日常茶飯事ですよ」

ハニーデューとチルは歩き出す。なんでそんなに冷静なわけ？　訳わかんない死にかけ方したのに、ふたりともピンピンしている。

「なにボーッとしてんの？　置いてくよ」

チルが振り返って声をかけてくる。馬車道は立ち上がり、慌てて彼女たちの背中を追った。

（第十三章）ビッグマウス・ストライクス・アゲイン

「近くに入浴できるところがあって。ちょっと休憩しましょう」

ハニーデューはそう言った。チルをしばき倒すのに使った鉄の棒を今も持っていて、ときおり進行の邪魔になる小枝やゴミをそれで弾き飛ばしている。

別にどうしても風呂に入りたいわけじゃないし、むしろ億劫だった。馬車道はハニーデューからのその提案を断るつもりだったが、彼は入浴を強く勧めてくる。

「いつでも入れるわけじゃないんで。それに、休めるときに休んだほうがいいですよ」

「そう?」

「いつ死ぬかわかったもんじゃないんだからさ。どうせ死ぬなら、風呂入ってから死んだほうが幾分はマシだと思うんですよ」

「そうかな?」

「私もそう思うよぉ。とくにあなたは」

チルも口を挟んでくる。ふたりともそう言うなら……。意思を変えようとした直後、彼女はさらに言葉を加えてくる。

「自分では気づいてないだろうけど、見た目も臭いもゴミ屋敷の主人《マスター》そのものだからね」

馬車道は苦笑を浮かべる。

「それは困ったな……。じゃあ、そうするよ」

サバービアもずっとバッグに入れっぱなしだったし、ついでに洗ってやるか。こいつにとってそれが良いことなのかはわからないけど。

そのままハニーデューの後に続いて、住宅地の中の一軒家に案内される。

昔この町に住んでいたころには立ち入ったことのないエリアだった。どうせなにもないし。ところどころに損傷がみられるが、今もたしかに生活感がある。誰かによって清掃や整備がされた跡が見受けられる。

そこに建っていた一軒家は、外装や内装、生活感に満ちた部屋の中の匂いまで、驚くほどなんの変哲もなかった。かつてここに住んでいたであろう、郊外住みの中流家族の退屈な暮らしの息遣いまでが感じられるほどだ。掃除も行き届いている。

ここはハニーデューから、外から資源を求めてやってくる『ストーカーズ』にとってのベースキャンプみたいなものらしい。風呂とか、宿泊のための部屋とか、金さえ払えばスペースを貸してくれる。

部屋は明るい。少なくとも、ここには電気も通っているらしい。

ハニーデューは玄関口にいる、家の管理者らしき人物となにやらやりとりを交わしていた。馬車道たちは中に案内される。

一軒家の管理者は若い人物だった。私服ではあるのだが、退屈そうでかしこまった態度から、仕事中という感じがする。あくまで業務としてここを管理しているのだろうな、と馬車道は考える。

その人物の顔に目を合わせる。なんか見覚えがあるような……。

「あの、もしかして……」

向こうから声をかけられた。声を聞いてはっとする。

「ガラム……」

「はい？」

馬車道は思わず呟いてから、はっとする。別にそういう名前で呼んでいたわけではなかった。それはさておき、近所でフードデリバリーをしていたときの同業者そのものだ。こんなすぐに再会するなんて。

ガラムは人差し指を向けてきながら、興奮混じりに言う。

「違ったらごめんなさい、あれですよね、『ペガサスデリバリー』の配達員やってた……」

馬車道は頷き、言う。

「すごい！　こんな偶然ってある？　あ、たしか、就職先決まったって……」

正直な話、ガラムのことなどすっかり忘れていた。今さっき目を合わせたのをきっかけに、記憶がとめどなく溢れてくる。あのころはよかったなぁ。少なくとも死の危険を味わうほどの怪我なんて負わなかったし、ツラくて貧しいなりに平穏だった。きっともう、元の住処に帰れたとしても、前のようには生きられないだろう。

「それがこれです。こんな場所での勤務になるなんて、聞いてなかったんやけど……」

ガラムは歯切れ悪そうに言う。

「ん？　仕事なんですか、これ？」

「そうなりますね。表向きは清掃業者です。就職決まって、研修終わったら次の日にはここに飛ばされてて。金のない若者を騙して、危険地帯で働かせるってことですね。金はもらえるけど泊まり込みでこんな仕事やらされて、どうすりゃいいんでしょうね」

ガラムは自虐じみた笑みを浮かべた。

「大丈夫なんですか、それ……」

「大丈夫じゃないかも。面接受けた時点で、あっこれ関わったらダメなやつだな、って理解しないといけなかったってこと。世の中そういう形で回っとるから。完全にウチの過失ですわ」

これまで背後で黙っていたハニーデューが会話に割り込んでくる。

「搾取された者の終着駅ですよここ。金も知識もない若者をこんなとこに飛ばして働かせる……特攻みたいなもんだよね。金持ってる奴は犬死にしてくれる連中を求めてる」

それからガラムは、自分がここに来るまでの経緯を簡潔に語った。気がついたらここへの配属が決められていて、抗議するタイミングは与えられなかった。仕事を辞める意思を伝える隙も与えられなかったようだった。

ガラムはふたたび馬車道に問いかける。

「そういえば……あなたこそ、なんでこんなところに？」

ガラムは馬車道がこの期に及んでデリバリーのバッグを背負っていることを怪訝に

思っているらしい。

「配達じゃないんですけど、ちょっとが用事あって。えっと、ここ、地元なんです」

「マジで！　生活成り立たんでしょ、こんなんじゃ」

「そのころはまだ普通の町だったから……。事故も起こってないし」

「あっ。そっか」


馬車道たちのほかに人影は見えない。ガラムは家の中の風呂場に案内してくれた。風呂トイレ別の広い風呂場！　馬車道は脱衣所に入る。この町で服を脱いで無防備になるのはあまりに危ないかもしれない。

適温の湯を浴び、安っぽいシャンプーとボディソープで全身をくまなく洗う。それだけでかなり気分が良くなった。自分が思いのほか消耗していたことを自覚する。全身にあるおびただしい傷口や怪我の痕が水に染みることを懸念していたが、ほとんど痛みは感じない。

さらにハニーデューはタオルと新しい衣服をわけてくれた。下着はさすがに新品を用意できなかったらしいけど、汚れていないシャツに袖を通すと気分はわりとマシになる。身なりを整えてから、脱衣所に置いていたバッグの中からサバービアを出す。

戯れにバスルームの中に放して、シャワーで水をかけてやった。信じられないくらい黒々とした水が排水溝に流れる。水を浴びせてもいっさい反応はない。喜んでるのか嫌がってるのかもよくわからなかった。

風呂から上がる。だいぶ身体が軽くなったような気がした。チルたちの待機するダイニングまで戻る。このあと彼女らもバスルームを利用するつもりらしい。あーごめん。ワニ洗ったあとだけど大丈夫ですか……？

「こんなときくらい、カバンおろしたら？」

風呂上がりにもバッグを背負っているのを、チルに揶揄される。

「いや……いいよ」

「よっぽど大事なのね」

この地域でどれだけ現金が意味を持つのかよくわからなかったが、手持ちぶんの料金で部屋を一日分借りられた。二階の角にある小さな部屋だ。たぶん元は子ども部屋だったんだと思う。部屋には当時としても時代遅れなブラウン管テレビが置かれている。電源を入れてみるが、さすがになにも受信できない。

台の下にプレステ3がある。コンセントをつなげば起動できそうだ。子ども部屋に置いてあったのがそのままなのか、宿泊者のヒマつぶしのために用意されたものなのか、とにかく、戯れに電源を入れてみる。本体には『ラスト・オブ・アス』のゲームディスクが挿入されていた。終末世界を舞台にしたアクションアドベンチャーゲーム……。ここにあるのはちょっと不謹慎だ。

幸いなことに、部屋には鍵がかけられる。小さくて殺風景な部屋の中にいると、なんだか久しぶりに帰省して実家に帰ってきたかのような気分になる。壁紙は経年劣化とヤニで黄色く黄ばんでいる。この部屋では喫煙を禁じていないようだ。部屋の隅に置かれたカラーボックスには、数冊の書籍が立てかけられている。

『美味しんぼ』の百十一巻だけある。山岡が被災地を訪れて鼻血を流すエピソードが載っている。それの隣にあるのは……『スケルトン占い・入門』。嘘だろ？　あのインチキ占いはこんなところにまで侵食してきてるのか！　唖然とする。

残りの三冊はすげー俗っぽいペーパーバックのコンビニ本だった。仮に死ぬほどヒマだったとしても開くことはないな、と馬車道はそれを手には取らない。

テレビを消して、ひさしぶりに屋根の下でゆっくりと横たわる。念のために電気はつけたまま、身体の力を抜いて目を閉じる。部屋にベッドは置かれていない。清潔でないカーペットの上でも、案外悪くはなかった。

ただ、全身にいまだ残っている痛みと疲労のせいなのか、ぜんぜん眠れはしなかった。いくら待っても眠気を感じなかったから、いつもと同じように……横たわりながら空想に耽ることにする。『ペイルランナー』の次に、金城和はどんな小説を発表するのだろう。彼女はきっと、いや、必ず、ホラー小説の歴史をぬりかえる。『ペイルランナー』は確実に映画化されるだろう。監督やキャストを予想してみるか。

翌日、ハニーデューは挨拶もなしにどこかに行ってしまったようだった。別に探しに行こうとは思わない。

馬車道たちは一階のリビングルームにいた。ソファーに座りながら、ガラムから一杯六百円で提供された缶コーヒーを飲む。

「夜中に出てっちゃったみたい」

「なんでわざわざ?」

チルも同じく、この家のどこかの部屋で眠っていた。

彼女はハニーデューの脈絡のない行動に疑問を感じているようだった。夜は冷えるだろうし、リスクもいっぱいなはずだ。そもそもここで一夜を明かそうとしたのも、できるだけ夜間の行動を控えることが目的だった。

「パンとかあるみたいだよ。あと酒もね！　金かかるけど」

チルは惣菜パンを頬張っている。ここでは食料品の販売も行っているようだ。チルは膝に五つほどパンの袋を乗せつつ、パンをウイスキーで流し込んでいる。

「私のはわけてあげないけど、なんか買って食べたら？」

風呂にも入れて、寝るところもあって、食事も手に入るんだったら……ここでの生活も悪くないと考える者も少なくないのかもしれない。税金もかからないし。

「いや、いいや。なんか、ぜんぜんお腹空いてない」

事実だった。一日なにも口にしていないが、馬車道はまったく空腹を感じていなかった。喉は渇くのだが、ささやかな食欲すらも覚えない。疲れすぎているのだろうか。

「ふーん。燃費いいのね」

「タバコとかもありますけど」

ガラムはキッチンの下にあるキャビネットにかがみ込む。そこに商品が入っているようだ。とくに施錠や警備はないようだから、やろうと思えば物品を盗み出すこともできるんじゃないかと思う。これまで誰もそうしようとは考えなかったのだろうか。

この町でこんな、モラルを前提とした商売が成り立つものなのだろうか。

湧き上がる疑問はキリがないが、とりあえず言う。

「じゃあ『プラシーボ』あります？」

「ない。そんなのこの世であなたしか吸ってないです」

ガラムは代わりの銘柄をいくつか手に取って見せてくれる。馬車道はマルボロを一箱買うことにした。物販もやってるなら、なにも買わないってのもなんか申し訳ないし。

「千五百円っすね」

「はぁ!? なに言ってんの！」

「千と、五百円です」

「私が知らない間にインフレした？」

「豪戸町価格ってことで。わざわざ他の地域からここに持ってきてるんですよ。トラックで。あの、気持ちはわかるんですが、ウチが価格決めてるわけじゃないんで……。やめときます？」

ガラムは申し訳なさそうに苦笑する。

「やめないよ……。足元見るよね。生活必需品の値段を釣り上げるのっていちばん邪悪だから。カルト宗教より悪質だよな。くたばれ、資本主義」

「ところで、あの人のことなんか知らない？」

チルはガラムに問いかけた。どういうわけか、彼女はハニーデューの動向が気になっているようだ。

ガラムはすぐに答えた。

「なんかこういうこと、たびたびあるみたいで。あの人が、じゃなくて、全体的な傾向として」

ガラムはタバコの煙をくゆらせながら淡々と語る。「ガラム」特有の甘い匂いが部屋に充満する。

「こういうこと？」

「なんの脈絡もなくフラーッといなくなっちゃうんですよねぇ。彼に限らず。この町にいる連中はよく。だから前払いなんですけど」

チルは釈然としないようだ。

「異常な町ですからね。そういうものだと割り切るのが一番楽ですよ」

ハニーデュー本人よりも、町そのものに理由を求めるようなガラムの口ぶりがなんだか不可解だった。

「あなた、これからどうするの？」

チルが尋ねてくる。

「この先の道路をずっと歩いたところに原発の跡地があって。そこに行く」

とくに出まかせや誤魔化しに頼ることはせず、正直に答える。

「そう。私もついていっていい？」

「ええ……。どうして」

「私もそういう、人が寄りつかなそうなところを散策したいから」

「スラップスティックは？」

彼女が追っているらしい凶悪殺人犯だ。

「そいつはついでていいよ」

「あのさ、ハニーデューが……たぶんスラップスティックだよ」

だから彼は突然いなくなった。

「そう。まぁ、だとしてもあとでいいよ」

いいの？

ガラムのいる一軒家をあとにし、町を歩きはじめる。土地勘が働く。原発のあるエリアまでの順路は難なく理解できる。誰かと遭遇することはなかったが、ところどころに新しげなゴミやら吸い殻なんかが落ちているのを見かけた。たしかに、人がいる痕跡がある。

「ここらへん、自転車で走れたらどんなに気持ちいいかって」

言葉にするといまだに切なくなる。道路には雑草が生い茂っていて、アスファルトもボロボロだ。きっと快適なサイクリングにはならないだろうが、あえてこの荒地を走り回ってみたい。

「バイクでいいじゃない?」

「じゃあお前も刑事じゃなくて医者になればよかったね!」

途中で会話を交わしたり座り込んで休憩を取ったりしながら、馬車道たちは歩き続けた。相棒が銃を持った話の通じないおばさんであることを除けば、ロードムービー然としていて悪くない。崩壊後の世界をほっつき歩いていると、昔読んだ小説を思い出す。『ザ・ロード』だっけな。マッカーシーの。あいつがその小説を好きだったはずだ。あいつ……『ニュー・サバービア』の作者。お前は小説を書くことについて、マッカーシーからもっと多くのことを学んでおくべきだったな。

上空に大きな雲が立ち込めていて、夜にはまだ早いがやや薄暗い。雨が降りそうだ。

馬車道とチルはふと足を止め、互いに顔を見合わせた。

「なんだろ、これ」

とてつもなく強い異臭が漂ってきて、馬車道は眉をひそめる。なんか、最近感じたことがあるそれと似ている……あれ。人の死体。

「ちょっと、調べてみてもいいかな」

チルはこれまでのぼんやりとした態度を改め、深刻そうな顔つきになった。馬車道はそれに気圧《けお》されて思わず頷いてしまう。馬車道が先導する形で、袖口で顔を覆いながら先へ進む。やがてたどり着いたのは、コインランドリーの跡地だった。この店舗にも見覚えがある。ここは当時からすでに廃屋になっていて、それが営業していたころを馬車道は知らない。

「ごめん、ちょっと、吐きそう……」

腐敗した感じの悪臭はそこに近づくたびに強くなっていく。馬車道は耐えられなくなって、その場にうずくまる。

「お風呂入る前のあなたもこんなもんだったからね」

「そんなこと……エッ！」

言葉を言い切る前に嘔吐してしまう。しばらくなにも食べていないから、色のついていない粘ついた液体が漏れ出た。馬車道は情けなさに消沈した。

「平気《オーケー》？　深呼吸して、深呼吸《リラーックス》。……ってダメか。深呼吸なんてしちゃダメだよ！」

チルが背中をさすってくる。なんでこんな状況で笑えるんだ。彼女はそのままコートの中からタンブラーを取り出して、中身をごくりと飲み込む。

「アルコールはあらゆるネガティブな感覚を遮断《シャットアウト》してくれる……嗅覚さえ」

「無茶だよ……」

馬車道はゆっくり立ち上がる。背中を押される感覚がした。背負ったバッグの中で、サバービアが身体を動かしている。これまで、こんなに活発な動きを見せることはなかった。この匂いを嫌がっているのか、それとも、「ご馳走」の匂いに興奮しているのか。ワニはそれなりに嗅覚に長けた生き物であるらしい。

チルはランドリーの入口に近づいていく。自動ドアは当然反応しない。チルはしばらく入口の前に立ってから、きびすを返す。コンクリートのブロック片を拾ってきた。おそらく、駐車場にあったタイヤ止めの縁石だ。

「よっ！」

それを自動ドアのガラスに叩きつける。ガラスは音を立てて割れた。枠に残ったガラス片を蹴散らしながら、チルは店内に入っていった。馬車道もその後についていく。

「ね、ちょっとまって」

馬車道は先行するチルの肩を摑んで呼び止めようとした。しかし、チルは素早い歩みで奥へと進んでしまって、触れそこなった。馬車道の言葉は彼女に届いていない。なにか重要なものを見つけたように、チルは一点を見つめながら店内を進む。それなりに敷地の広いランドリーだったようだ。二十台ほどの洗濯機と乾燥機が列をなしているほか、部屋の中心には洗濯物を畳むための広いテーブルがある。

「これ」

チルは床を見下ろした。

馬車道はふたたび吐きそうになる。しばらくしゃがんで涙目になりながら地面を眺めたのち、意を決して立ち上がる。チルが見下ろす地面に目を向ける。

直視しがたいむごたらしい死体がそこにあった。目に見える腐敗はさほどなく、まだ原型をとどめている。頭部がぐちゃぐちゃに損傷しており、赤黒い傷口に小さい虫の群れがおびただしくたかっている。それをきっかけに、店内じゅうに無数の小虫が群れていることに気がついた。反射的に鳥肌が立つ。チルは平気なようだ。

「おっ！」

馬車道はふいに声を上げた。床の死体を見つめていたチルが、どうしたの？と振り向いてくる。なんでもない、と手を振る。

サバービアが暴れている。今にもこの狭いバッグの中から抜け出そうともがいている。背中でバッグがガタガタ鳴っている。幸い、チルはそのことに勘づいていない。死体の分析に集中しているようだ。

死体は右手になにかを握り込んでいて、それの先端を自分の口に押し込んでいたようだった。拳銃を自分の口に押し込んで発砲したらしい。

「見てらんないね」

「これ、ジョージジローだよ」

ジョージジロー……って誰だっけ。一瞬考えて、すぐに思い出す。そうだ。チルの、この町でいなくなった相棒の刑事だ。写真を見せてもらったことはあった。しかし、この死体は警察官の制服を身に纏っているわけではなかったから、彼であるとは気づかなかった。

「それなりに時間が経ってるみたい。そうそう、ジョージジローは明るくていいやつで、あんまり人生を諦めるようなやつじゃなかったんだよぉ」

悲しんだりとか、驚いたりとかはしない。チルは足首をぶるぶるさせて自分の靴に這ってきた蛆虫《うじむし》を払いのけながら、わりと淡々と言う。

「せっかくお風呂入ったのに、また嫌な臭いが染み付いちゃったね。ごめんね」

「別に……」

そんなことは別にいいんだが、えっと、あんたの相棒は……。

うまく声が出せなかった。

「外に出よう。さすがに私も気分悪くなってきた」

そうだね、と同意しようとするものの、背中に感じた強い感触に阻まれた。バッグの中でサバービアが激しく身体を揺さぶったようだ。振り回されるような形になって、彼女の身体は横転する。

酷使したデリバリーバッグはついに限界に達し、側面から短くて太い、黒い後ろ足が突き破ってくる。横倒しになったバッグの中から、サバービアが這い出てくる。

「なにそれ？」

「あ……」

慌てて立ち上がり、サバービアをバッグに戻そうと試みる。もうとっくに手遅れだった。肩紐はちぎれて、ナイロンの布地はもうズタズタに破られてしまっている。

そして、チルはサバービアを目撃して、目を見開いている。

「ペットの……ワニだよ」

「そんなもん飼うな！　よしんば飼えたとして連れてくんな！」

バッグの中から解き放たれたサバービアは、俊敏に床を這った。これまでのおとなしさでは考えられないような、目で追えないくらいのスピードで脚を動かす。まるで地上を「泳いで」いるようだ。

サバービアはチルに向かって飛びかかる。彼女はとっさに身をよじり、洗濯機の陰に身を隠す。サバービアは深追いしない。というより、狙っていたのは彼女ではなかった。

サバービアは腐敗したジョージロ－の腕に食いつき、たかった虫もろとも肉を食いちぎる。

チルははじめて動揺を露わにした。

しばらく顎を開閉させて、すぐに飲み込んだ。ワニは腐肉を食べることもあるが、べつだんそれを好むわけではない。種にもよるが器官のなかではそれなりに味蕾《みらい》も発達しているらしく、味を感じて判別する能力もあるらしい。

こんなときに考えることじゃないね。馬車道は自分の唇を強めに噛む。いちばん起こってほしくない事態に直面して、思わず現状から目をそらしたくなった。

「逃げて！」

馬車道は叫び、ランドリーの外に出ようとする。前のめりになって転んだ。蛆虫の群れを踏んで滑ったのだった。なにからなにまで、最悪すぎる……。

これまでおとなしかったことのほうがむしろ不自然だったのかもしれない。サバービアはまさに捕食者然とした目をこちらに向けてくる。

馬車道よりもチルのほうがサバービアに近い。案の定、サバービアは興味を死体からチルに移したようだった。たぶんだけど、死体より生きてる人間のほうが旨いんだと思う。

この隙にチルを見捨ててこの場から逃げることもできた。でも、善人を気取るわけじゃないが、そうすることもできなかった。

チルが乾燥機の陰に隠れながらコートの内側から銃を取り出すのが見えた。それを構えながら素早く物陰と物陰の間を移動して、サバービアから距離を取ろうとする。あいつの姿が見えない。サバービアは俊敏にどこかに身を潜めたらしい。日が落ちはじめていることもあり、もともと黒い身体のそれは目視が難しくなる。

「あ、危ない！」

馬車道は声を上げる。サバービアはテーブルの下にいた。

「下！　テーブルの下だ！」

チルはテーブルの隣にある乾燥機の前面についたドアを開け、それに足をひっかけて飛び上がった。乾燥機の上に乗り、サバービアから距離を取る。馬車道のそばまで近づいてくる。

「あのさ、あれ……」

チルはこちらのことを探すようにうろつくサバービアに銃口を向ける。まだ気づかれてはいない。視界から逸れたら見失ったようだ。

すさまじい音を立てながら、洗濯機や壁に食らいついたり身体をぶつけたりしている。数台の洗濯機はぐしゃぐしゃに破壊されてしまった。とんでもない顎の力だ……。

正直惚れ惚れするが、今はそれどころじゃない。

「ごめん！　後で話すよ。とにかく今は……」

「わかってるよぉ。あれは『リコリス』でしょ。どうりで大事そうにずっとカバン背負ってたわけだ」

チルはなにかに納得した様子だが、馬車道には理解できない。

「り、リコ……？」

そんな場合じゃないとは百も承知だが、詳しく聞き返したかった。

サバービアはジョージローの腕をひと欠片かじっただけで、それ以上は食らおうとはしない。ワニはけっこうな人数を殺しているが、死因のほとんどは水中に引きずりこまれたことによる溺死だとか。

ただサバービアはワニじゃないし、ここは水中でもない。

外はだいぶ暗くなった。黒い身体が影にまぎれて、どこに潜んでいるか見当がつかない。出口は十メートルほど先だ。気づかれないようにそっと歩けば、ここから抜け出せるはずだ。

進行方向にキャスター付きの洗濯物カゴがある。馬車道は音を立てずにそれをそっと転がす。

直後、ガシャンと激しく響いてカゴが倒れた。サバービアがそれに食いついた。一瞬でぐちゃぐちゃにしたのち、ふたたび馬車道たちを探すためにウロウロする。

「なんかこれ、『ジュラシック・パーク』みたいじゃない？」

チルはその場に相応しくない軽口を叩いた。

「あ、奇遇……まったく同じこと言おうと思ってた」

「こんなときにふざけたこと言わないで。あんたが蒔いた種でしょう」

「えっと……たぶん、サバー……あの生き物は、見た目はワニだけど生態はぜんぜん違うんだ。目も見えてないし、嗅覚も強くない。かといって、耳がいいわけでも」

「音波でしょ」

「えっ」

馬車道は息をのむ。今から言おうとしていたところだ。萩が言うには、サバービアは音波で制御できる。音波ってなんだ？

「なんでそれを」

「話はあとで！　早くしないと私たちふたりともぐちゃぐちゃになって死んじゃうよ」

混乱のさなか、馬車道はなにかの音を聞く。

「ウクレレだ……」

「はい？」

「ウクレレの音しない？　なんか、そんな感じの」

「ぜんぜんしないよ」

サバービアが床を這って部屋じゅうを動きまわるのがわかる。馬車道たちは音を殺しながら、ゆっくり出口の方向へ歩みを進める。じっとしていると全身に虫が這ってきて、身の毛もよだつ思いをさせられる。

「案外悪くないかもね。珍しい虫とかいるかもよ」

「静かに！」

チルは左手に握った銃の先端で馬車道を小突く。サバービアはこれくらいの物音には反応を示さないようだ。聴覚はたいしたことがない？　音波を感じ取るのと、物音を聞き取るのはまた別の話なのだろうか。

体感よりも長い時間が経っていたらしい。すっかり日は落ちて、電気のついていない室内は一メートル先を目視することも困難になる。

「えっ」

自動ドアあたりまで近づいたときだった。いつの間に先回りされたのか、足元にサバービアが鎮座しているのを見た。一瞬目が合った瞬間、馬車道の右足に向かって飛びかかってくる。

馬車道はとっさに後ずさった。背中を洗濯機にぶつける。

サバービアはしっぽを揺らしながら、テーブルの脚をとっかかりにして飛び上がる。跳躍はたいしたもので、首筋あたりに飛びついてくる。そのまま顎を開いて閉じる。

痛みと衝撃に身悶えするが、声を出すこともままならない。

「嘘っ」

チルがたじろいでいるのが見える。サバービアに組みつかれたまま、馬車道はその場をのたうち回る。壁や洗濯機に何度も身体を打ちつけた。

チルは手元の銃を確認してから、銃口をこちらに構える。馬車道は朦朧とする意識の中、窓の外を指さした。自分を置いて、ここから逃げ出すことを指示したつもりだった。もとはといえば自分が起こした事態だ。いくら話の通じない人物とはいえ、ここまで酷い目に遭う道理はないだろう。それに銃で撃ったとて、サバービアは止められない。

「じっとしてて！」

こちらの意思は伝わらない。チルは腕を伸ばして、サバービアに狙いを定める。馬車道にはどうすることもできなかった。サバービアは肉を引きちぎらんと首筋に噛み付いたまま身体をしきりに捻り回す。牙が皮膚と肉を突き破るのを感じる。腕を振り回して引き離そうとするのだが、よけいに深くしがみつかれるだけだ。

馬車道はその場からひっくり返って頭を打ちつける。発砲の音を連続して聞いた。激しい耳鳴りがする。

チルは銃に込めた銃弾をすべて放った。六発の弾はサバービアにかすりもせず、あまつさえそのうちの一発は馬車道の身体に命中した。銃弾は肋骨を貫き、心臓を打ち抜く。

「なんで……」

「あっ、ごめん！　外した」

痛みはない。というか、痛みを感じる暇すらない、といった感じだった。

気を失う直前、馬車道は自身の死を自覚した。

（第十四章） 冬眠《ブルーメイション》

馬車道が目を覚ましたとき、彼女はベッドの上に横たわっていた。強い寒気を感じて反射的に手元に毛布をたぐりよせてから、状況の不自然さを自覚する。

目を見開き、起き上がる。昨日眠った一軒家とか、自宅の寝室とかではない。なんだか病室に見える。入院したことなんかないけど、そんな感じがする。よく見ると、腕に針が刺さっている。それはとても長い管につながっていて、管を目で辿ると血液の溜まったパックを見つけた。血を抜かれているのか、与えられているのか、どっちなんだろう？

それはさておき、馬車道は完全に覚醒した。とたんに自分の身体に接続された管を不気味に感じる。引き抜こうとしたが、うまく力が入らない。

部屋の奥に扉が見える。なにがなんだかわからないが、自分はここから出て、その扉をくぐるべきだと、少なくともこの得体の知れないベッドの上にとどまっているべきではないと思う。

そのために起き上がろうとするが、脚はまったく動かない。しばらくベッドの上でもがいていた。

何者かが扉を開けた。誰かが部屋に入ってくる。

「馬車道！　やっと起きたんだ！」

「チル……？」

「ちょっと待っててね」

彼女の顔をよく見る前に、チルはふたたび外に行ってしまう。確かにチルだった。なんであんたもここにいるの？

チルはすぐに戻ってくる。彼女はトレイを持ってきていた。その上にはパッケージに入ったロールケーキと、タバコの箱とライター、ペットボトルの水がそれぞれ置かれている。タバコは『プラシーボ』、ロールケーキは豪戸町のローカル店のものだ。地域の名産品のメロン果肉が中に入ってるやつ。顔の近くにそれを置かれ、馬車道は水のボトルに手を伸ばす。横たわったままそれのキャップを開け、中身を口に含む。

チルはその様子をじっと見ていた。水のおかげか、少なくとも身を起こすことはできるようになる。馬車道はベッドの上に座り込んだ。

「どうなってるの？　これはなに？　ここは？」

「まずは落ち着いて」

彼女はトレイに指をさしてくる。少なくとも、ロールケーキに手をつける気にはならなかった。タバコの箱の中から一本を抜き出し、ライターで火をつける。少しだけ落ち着いてきた。

「この点滴はなに？　私はどうなってるの？　あなたは？　ねぇ、教えてよ」

「えっとね……ちょっと待っててね」

またチルは部屋を出て行ってしまう。すかさず追おうと思ったが、立ち上がることもままならなかった。脚はまだ満足に動かせないというか、まるで感覚がない。

自分の置かれている状況を、記憶を頼りに整理してみることにする。

私はサバービアとともに豪戸町に出向いて、サバービアをウクレレの音を介することによって操り……壊滅状態の町を生き抜いた。警官のチルやドキュメンタリー映画監督のハニーデューなんかとも出会って、三人で、町にある宝を探して……。

馬車道は強くまばたきをした。そんな事実はない。ただ行きあたりばったりで動き回ったあげく、死体を見つけて、サバービアを制御できなくなって、それに殺されかけた。事実はそれだ。なんでそんな、ありもしない空想が頭をよぎったんだろう。

チルは灰皿を用意してくれなかった。やむを得ず、トレイにタバコの先端を押し当てて火を消した。座っているより、ベッドに横たわっていたほうが楽そうだった。でも、もうこれ以上眠りたくはなかった。

チルはまた戻ってくる。今度は、彼女のほかにもうひとり誰かを連れてきていた。馬車道には面識のない人物だ。自分と同じくらいの年齢の、女？　彼女は馬車道の姿を認めると、にっこりと笑顔を浮かべる。白衣を着ているのだが、オシャレにカールしたブロンドの髪はぜんぜん医者っぽくない。せいぜい、医者のコスプレをしてる奴にしか見えない。

「ハタリ！　よくここまでたどり着いたね」

「お前は誰だよっ！　ゲームのラスボスみたいなことほざきやがって」

白衣の女は微笑んだ。

「実際そうかも。……やっぱハタリ、ぜんぜん変わってないね。あの子が小説に書いてたのとそっくり」

あ。

「ハスミン？　お前、もしかして、ハスミンか？」

思わず口にしてから、記憶が混濁しているな、と思う。だってハスミンはもう死んでるんだからさ。

「うん。サバービアもいるよ」

ハスミンはくるりとその場で回転し、背中を向けた。親におぶわれながら眠る子どものように、小さくて黒いワニがしがみついている。

「あー……」

これあれだ。死ぬ前に見る夢か。これまで出会ってきた連中が軒並み登場する、カーテンコール的なやつ。

「カルトとか、どうなったの？　あんたが追ってたやつ」

馬車道はハスミンのとなりにいるチルに問いかけてみる。これは一種の走馬灯にすぎないとみなしたうえで、答えを聞いてみよう。

「幹部の立場にある者は私が全員殺した。もう壊滅したよ。あんたが寝てる間に」

「ふーん。そりゃあいいね」

あんだけ伏線を張っといたのに？　具体的な描写もいっさいなしに、たった一言の台詞で終わらせちゃうの？　これがもし小説だったらコトだぞ！　ストーリーとして破綻している。

「あんたが言ってた思わせぶりな……　音波とか、リコリスとか、あと……いろいろ」

えっとね、とチルは前置きを入れた。彼女はハスミンと顔を合わせ、喋ってもいい？　と確認を入れている。ハスミンは頷いた。

「あれでしょ。あなた、工事現場でブルドーザーとかショベルカーから逃げ回ってたでしょ」

馬車道は頷く。

「クレーンの鉄球も！」

「信じられないだろうけど、あれは、何者かが操ってたの。遠いところからね」

「ずいぶん断言するね」

その様子を見ていたのだろうか。何台もの重機を、遠隔で正確に操作する手段なんて思い浮かばない。今はそういう装置やシステムがあるのだろうか。工事現場のことなんてなにも知らなかった。

「それが音波。超音波のようなものを飛ばして……私たちは『音波』って呼んでるんだけど、厳密には違うものなのかもしれない。それはさておき、何者かはその音波を飛ばすことで重機を操って、あなたを殺そうとした」

「……はぁ。なんかよくわかんないけど、超能力みたいなものがあるの？　マジで言ってる？」

話の要点がよくつかめない。結局のところ、彼女はなにを言いたいのだろう。こんな急に新しいことを言われても、すんなり飲み込めない。

「そう。そう考えて差し支えない」

「殺そうとって……」

「心当たりある？」

サバービアが反応するのも音波だ。

「別に……」

「豪戸にはそういう人間が、要するに音波を操れる連中が現れた。例の原発事故以降ね。そういう人間をひとり残らず処分するのが、私に与えられた仕事だった」

「スラップスティックは？」

「あれはついで」

馬車道はふたたびペットボトルに手を伸ばす。

「あ。あれだ。水をさ、いきなり沸騰させたりとかもできるのかな？」

ボトルを振りながら言う。

「見たことないけど、やろうと思えばできるんじゃないかなぁ。人によると思う」

「いたよ。水を沸騰させるのが得意な奴。相手の血液の温度を急激に上げて殺すこともできるんだ」

一歩後ろにいるハスミンが口を挟んでくる。

「ちょっとまって。その、音波で重機を操れる奴がいたとして、うん。で、なんでそいつは私を殺そうとしたの？」

「それはもちろん、あなたが連れてたこの子」

チルはハスミンの背中にしがみつくサバービアに指をさす。

「はい？」

「誰かによって情報が漏れたんでしょう。『チーム』の連中はこいつのことを探してた。メンバーはおもに豪戸の現地民だからね」

馬車道は大洪水のときのことを思い出す。サバービアもといリコリスを自分たちが見つけたのはそれの直後だった。どこかに隔離されていたそれは、洪水による事故で外に解き放たれた。それを最初に見つけたのが、自分たちだったということだ。

「はい？」

「リコリスの被験体を逃しちゃったのは連中のミスだったみたいだね。あなたたちがサバービアって呼んでたのが、それ。もとはお店で売られてたワニの赤ちゃんの売れ残りだった」

「はいぃぃぃ？」

「ジョージローも私と同じ仕事を任されてた。豪戸町を対象にしたカルトの壊滅と『音波』についての調査。でも、あいつは音波にやられちゃった」

　ハスミンが会話に割り込む。

「音波で相手の脳に干渉して、自殺願望をとてつもなく高める。そういうことが得意な奴がいたんだ」

「なんでもありじゃん。田舎の『X－メン』かよ」

「うん。ぼくもその『なんでもあり性』のおかげで生き延びたからね。ハタリたちに、川の底に捨てられても」

「えっ！」

「もう怒ってないよ。最初はひどいと思って……復讐してやろうと思ったけどさ。ぼくは街よりも、ここにいるほうが好き」

　自分の過ちを正当化し、トラウマを解消するための自己防衛だろうか。この夢の中のハスミンは、そんなことを言う。

「サバービアはリコリスの宿主だからね。噛み付くと同時に自分の血液を相手に注入するんだ。大抵の生き物はその拒絶反応で死んじゃうけど、ごく稀に生き延びるのがいる……不死性と類いまれな能力を身につけてね。リコリスの血清の原液を取り入れてることで」

「は？　は？　はい？」

「ミス羽純《はすみ》ぃ。彼女はリコリスのことはまだ知らないみたいだから……」

チルはハスミンのことを窘《たしな》めたようだが、馬車道にはなんのことだかさっぱりだ。

というか、いつの間にか仲良くなっている。このふたりに接点なんてないはずなのに。

ミス羽純ね……。ミス・ハスミ。回文だ。ハスミンよりもいいあだ名かもしれない。

「あっ、そっか！　ごめんねハタリ、今説明するから」

「そんなに長々喋って大丈夫？　疲れてない？」

「小説だったら回想シーンに入るところだね」

馬車道は小さく笑う。

「まぁ、いいや。そこはそんなに知りたくないかな。回想はあんまり多用すべきじゃないし！」

ハスミンはまた背中を見せる。おぶったサバービアをこちらに見せてくる。

「ぼくたちが最初出会ったときにはもう、この子は死んでたんだよ」

「はぁ」

「ワニとしての身体はもう死んでるってことで、伝わるかな。不死身なんじゃなくて、逆に、すでに死んでるんだ。だから死なないの。ぼくたちも似たようなもん」

触ってみて、とハスミンが腕を差し出してくる。馬車道はハスミンの手首に指を這わせてみる。たしかに冷たくて動きも感じないけど、まぁ、夢だしなぁ。

「今のぼくの身体には、半分くらい血の代わりにリコリスが流れてるんだ。要するに、五〇パーセントだけサバービアと同じ身体になってるっていうか」

「じゃあハスミンはあれなの、なにやっても死なないの？」

「試した限りでは」

「いつから？」

「あのときぼくはしばらく意識を失ってて、袋に入れられた状態で川の中で目を覚ましたんだ。苦しくはあるけど、水の中にずっといるのに溺れない。しみるけど目を開けつづけることもできた。たまたま浅瀬に流れ着いて、袋を突き破って外に出たんだ。見たことない町だった」

　馬車道はハスミンが死ぬのをたしかに見た。サバービアに脊髄のあたりをえぐられて、おびただしい量の血を流しながら、すぐに動かなくなった。

「そのときにはもう……」

「逆に、あんなずさんな子どもの隠蔽が通用すると思ったの？　もしぼくが本当に死んでたら、すぐに死体が見つかってハタリたち今ごろめちゃくちゃだよ」

「道理で、うまくいきすぎてると……」

「やっとの思いで家まで帰ってきたら、自分がもう死んでることになってるからビックリしたよ。事情を説明することもなんかできなくてさ。もとの生活には戻れなくなったから、しばらく居場所を探してた。食事も睡眠もいらなかったから、それでぜんぜん大丈夫だった。ときどきハタリたちの様子も遠くから眺めてたよ。それでね、豪戸であの事故が起きたから」

「ああ」

馬車道は集中力を失っていた。相槌を打って、ふたたびハスミンの話に思考を向ける。

「誰もいなくなったこの町に住むことにした。ここなら誰にも見つからないしって思って。ぼくは放射線も平気だしね。でもすぐに、いろんな連中が住みつきはじめた。この町に残った財産を探そうとするやつとか、豪戸町のカルトとかね」

馬車道はトイレに行きたくなったが、ハスミンの話の腰を折るタイミングがつかめなかった。

「リコリスを取り込んだ生物の血液から作る血清のことを……。時間は無限にあるから、ぼくは独学で化学を勉強してさ。豪戸図書館は建物も蔵書もそのままだったから、ほとんどぜんぶの本を読んだよ。ひとんちに残されてた専門書とか、パソコンとかも使って」

リコリス？　そう、それ。ハスミンは今、それの説明をしてくれようとしていたのだった。結論から簡潔に伝えるつもりはないらしい。リコリスってなんだよ。

「この町に入り込んできたやつらに話しかけて、血清を配ってみたんだ。信じられないだろうけど、結果は、死んじゃうか、サバービアやぼくみたいに、類いまれな能力を身に宿すか、そのどっちかだった」

「そんな、人体実験みたいな」

馬車道は唖然とするが、ハスミンはとくに取り立ててそれを強調したりしない。

「うん。そんな感じ。それでしだいに噂が広がって、どんな病気でも治せる血清がこの町にある……みたいな話になってね。藁にもすがる思いで身内の病気を治したい人とか、一攫千金を狙う無法者とか……いろんな人たちがこぞってこの町にやってくるようになった」

「え、あの、ということは……」

馬車道は周囲を見渡す。ハスミンがなにも言わないのを見て、続ける。

「さっきチルが言ってた、『音波』を使う連中ってのは、そのハスミンの血清を打ったからそうなった、ってことだよね」

ハスミンは馬車道が言葉を区切るたびに頷く。

「元をたどればサバービアのだけどね」

「リコリスってのは？　サバービアの本当の名前がリコリスだったたってこと？」

「サバービアはコビトワニっていうもともと小柄な種類のワニで、どこも特別なところなんてなかった。リコリスの研究をしてた研究員のペットだった」

「ワニって飼えんの？　で、そのリコリスっていうのは⁉」

ハスミンのもったいぶったような話運びに、馬車道は思わず語気を強める。ベラベラ喋るくせに、なかなか重要なことを口外しないんだからさ！

「一種の『現象』みたいなものかもしれない。あるとき、それが偶然生まれた。それそのものには実体がなくて、液体みたいに不定形な姿をとる。でも生物とか、ウイルスとかじゃない。あくまで無機物なんだ」

ハスミンはそう答えてから、「という説があって」と付け加える。

「そいつはほかの生き物の身体の中に入り込んで成長するんだ。宿主の意識を奪って、肉体に栄養を送り込む……。黒くてドロドロしてるから、研究者の間でリコリスって呼ばれてた。そういうお菓子があるでしょ」

「それがなんだって？」

「怪我や病気の治療への応用、そして、放射線による汚染を取り除く技術の開発を目的として研究が進められて。発見されたのが豪戸町だったから、地域の行政は原発に代わる新たな利権としてそれを独占しようとして、カルトの息もかかってたりして……」

馬車道は自分の脚が感覚を取り戻したことを自覚する。ゆっくりと、その場から立ち上がってみる。裸足でタイルの床に立つ。冷たさを足裏に感じる。

一歩、ベッドから離れてみる。どうということはなく、問題なく直立二足で立てる。

馬車道はなんだか気持ちが冷めてしまった。

「陰謀論者のツイートでも読み上げてるみたいだね。……トイレ行きたい」

ハスミンは歯切れ悪そうにはにかむ。

「あの、身体にチューブがつながってるから、そういうのはしなくて大丈夫なんだけど」

「大丈夫じゃないよ！」

腕だけじゃなくて、下半身のあたりにもチューブが接続されている。馬車道はとたんに気味の悪さを感じる。右腕の手首に刺さっている点滴の管を、ふたたび引っ張る。今度はそれなりの痛みを伴いながらも、外しきることができた。接続面からかすかに出血する。身体に何本か刺さっている管をすべて抜いた。

「だめだよ、無理やり外しちゃ」

馬車道は部屋の外に出ようとする。ハスミンが肩をつかんでくるのを、とっさに振り払う。

「私、どんぐらい寝てたの？」

「一年くらい……」

「寝すぎ！」

「ハタリはずっと冬眠してたんだ。冬のワニみたいにね」

「ワニだってそんな寝ねぇよ！」

寒い地域に住むワニは、凍った水の中で顔だけを水面から出して冬眠するのだ。

扉を抜ける。窓のない殺風景な廊下からは、ここがどんな建物なのかまったく判断がつかない。錆びつきや汚れが目立ち、ところどころが経年劣化している。天井にある電気の光量は低く、薄暗い。ひとけはない。自分の小さな足音だけが響く。

とにかく、外に向かって歩きはじめる。痛みや空腹は感じないし、感覚にも過不足はない。バスローブのような簡易的な衣服を着せられている。自分のものではない。

傷だらけだったはずの身体の傷はあらかた回復している。爪やムダ毛の処理なんかもした覚えがないのにきっちりとなされていて、少なくとも不恰好ではない。自分自身の身体なのに、強烈な違和感が拭えない。

ハスミンが言っていたのは事実なんだろうか。一年間も眠ってたって？

「ハタリ！　落ち着いてよ〜。べつにここに閉じ込めようってことじゃないんだからさ」

「ここはどこなんだよ！」

馬車道は取り乱す。ハスミンの飄々とした態度に苛立った。

「豪戸原発の敷地。もう発電所は動いてないけどね」

「チルは？　なんであんたら、仲良くなってんの？」

「今は協力してもらってる。お互いに利害が一致して……」

「あんたら、なにがしたいの？」

ハスミンの真意がまるで摑めなかった。なにより馬車道はここから出ていきたかった。

「なんでもかんでも説明してもらおうとするなんて、ハタリらしくないよ」

「さっきまでさんざんベラベラ喋ってただろうが！」

裸足のまま走り出す。ハスミンが後ろから追ってくるのがわかる。背中にはサバービアをおぶったままだ。

「待ってよ。走ったら危ないよ」

「こんな結末は認められない。これは私が想像するもっとも悪い結末のシミュレーションであって、もう一度眠って目を覚ましたらぜんぶなかったことになる。私はフードデリバリーの業務で糊口をしのぐ凡百の都市生活者であって、こんなところにはいない」

うわごとのように口走りながら、長い廊下の突き当たりまで走る。非常口のピクトグラム表示を見つけ、それの下の扉を押し開ける。鍵はかかっていなかった。

「ハタリ！　君の目的はサバービアをこの町に返すことだったんでしょ？　だったらもう大丈夫だよ。サバービアはぼくとずっといっしょにいるし、ここにはもう人は寄りつかない。放射線の濃度が高くなりすぎて、誰も立ち入れないからね」

馬車道は振り返らずにハスミンの言葉を反芻する。階段を降りる。表示を見ると、ここは三階らしい。どんな建物なんだ？

「嘘だろ、それ！　あんたとサバービアはともかく、チルは？　あと、私も！　じゃあなんでピンピンしてるんだよ」

「チルさんはリコリスの血清の被験者をやってて。放射線汚染の治療を目的とした新薬の。彼女が生きてるってことは、開発は成功してるってことで。副作用を抑えた薬なんだ」

「あいつのことはどうでもいいから！　私もそうなの？」

「ハタリは違うよ。ぼくたちと同じだ。君、サバービアに嚙まれても死ななかったでしょ？」

馬車道は足を止める。

「なに言ってんの？　私も不死身なの？　いつのまに？」

階段の踊り場で振り返る。ハスミンは上の段からこちらを見下ろしながら、頷く。

「今まで気づいてなかったみたいだけど」

「そんなわけないだろ。私、何回も死にかけたんだよ」

「普通の人なら何回も死んでるよ」

「そうだ、私、撃たれた。あいつに。心臓！」

「身をもってわかったでしょ」

馬車道は自分の胸に手を当てる。傷跡もない。

そうか、と唇だけを動かす。

「お前らふたりともグルだったってこと？　私をここに連れてくるために……」

ハスミンは階段の手すりに寄りかかりながら笑う。

「そんなことないよ。ハタリがサバービアを連れてここまで来たのも、チルさんと出会ったのも、ぜんぶ偶然だよ。そんなにうまくできてるわけじゃないからさ」

「じゃあ今ベロ嚙み切ってみてもいい？」

「いいけど、おすすめはしないかな……痛みは感じるし、傷が治るのにも時間がかかるから。ぼくたちはあくまで、半分だけサバービアと同じなだけだから」

「サバービアと同じってことは、人間の身体はすでに死んでるってことなんでしょ？　年を取ったり、汗をかいたりとかの代謝とか、痛みを感じたりすることもないはずだ」

「痛みとか苦痛は感じるよ。それはたぶん脳科学の分野だから、ぼくにはよくわからない。ワニと人じゃワケが違うでしょ。実感としては、脳の一部をリコリスに明け渡す代わりに不死身の身体を提供してもらってるっていう具合なんだ」

　どこで間違えてしまったんだろう。

　馬車道は階段を降りるのをやめ、その場にしゃがみ込む。

「そんなの嫌だよ……、元に戻してよ」

　いちばんの被害者はサバービアだ。勝手に連れてこられて、なんかワケわかんない薬品を投与されて、死ぬことすらできなくなった。サバービアの身体はサバービアだけのものだったはずなのに。

「ワニの水陸両用の器官は非常に優れていて、寿命も人間とほぼ同じだから。被験体として適当だったみたいだよ」

「ワニが優れた生物であることに異論はないけど。でも結局、結局さ。誰かに苦痛を押し付けてるだけじゃん。こんなのって……」

　豪戸町の住人は生まれついてのスケープゴートだ！

「でも、リコリスを無害に安全に活用できるようになれば、世界はずっと良くなる。誰かが犠牲をおっかぶらなくちゃいけなくて、それがたまたまぼくたちだったってだけなんだ」

「あんたはそれでいいの!?　友達にゴミみたいに捨てられて、こんなとこにずっといて」

「それが案外、しっくり来てね。もともと欲しいものなんかそんなないし、大抵のものは手に入るし。それに今は、サバービアもいるし。毎日いっしょに遊んでるんだ」

「なにそれ。私はこんな、時間の止まった町にはいられないよ」

ハスミンは神妙な顔つきになる。

「正直、ハタリはそう言うと思ってた。帰りたい？」

「当たり前だよ。まだ読んでない本も、観てない映画も、聴いてない音楽も星の数ほどあるし、自転車にも乗りたい」

「時間が止まってるのはハタリもいっしょだよ。……ハタリは、この世に存在するぜんぶの本を読めるね。本当の意味で、時間は無限にあるから」

「やだよ……。そんなのズルじゃん。しょうもない仕事して、明日には家賃払えなくなってホームレスになるかもって怯えながら、せっかくの休日には疲れて一日中寝ちゃって後悔して、それで結局本なんて読めなくて。そういう生活のほうがずっといいよ」

「それは、特権に恵まれてる側の人間の考えだと思うなぁ」

それだけぼそりと言ったのち、ハスミンは言葉を返さなかった。

代わりに違う話題を投げかけてくる。

「ねぇねぇ、あの子のこと、覚えてる?」

「あの子ってどの子?」

「ハタリと一緒に小説を書いてた」

「忘れもしない」

「ぼくたちはあの子のことをもっと気にかけるべきだったかもしれないね」

「そうかな。あれでも充分だったたと思うよ」


しばらくハスミンと話して、馬車道は部屋に戻った。チルにここから出ていく旨を伝えると、彼女は「ふーん」と雑に反応した。こいつの真意だけは最後まで摑めなかった。

ハスミンは発電所の外まで案内してくれた。

「ところでさ、さっき、研究者の話をしたでしょ。ワニを飼ってたっていう」

馬車道は頷く。

「その研究者は別の次元で別の人生を歩んでたバージョンの君なんだよ、ハタリ。強力な爆発で時空がつながって、リコリスを取り込んだワニがぼくらの世界に飛ばされてしまった。それがサバービアだ。だから君は、どうであれサバービアとは出会う運命だった」

「はぁ？」

思わず息をのむ。こんなことになってるんだ。どんなことであれ、絶対ないとは……。

「……冗談。いくらなんでも、そんなことあるわけないじゃないか」

「てめぇこの期に及んでなんだよ！　ぶち殺すぞ」

馬車道は拳を握った。ハスミンは笑う。

「ハタリ、やっぱりあのころからぜんぜん変わってないね」

「私は変わりたかったよ。変えなきゃいけないところを変えられないまま、いろんなものを失っちゃった。この町と同じだね」

「この町はもう終わりだけど、ハタリはまだ大丈夫だよ」

でもね、と続ける。

「ここから出て行ったあと、ハタリは苦労するかもしれない」

「だろうね」

「魔女狩りみたいにさ。いろんな意味でハタリのことを追う人間が、世界中に現れると思う。ちょっと時間をくれれば、別の容姿とか身分とかを用意できるんだけど」

「魔女ねぇ……。いいよ、それならそれで。怯えながら生きながらえることにするよ。きっと捕まったら一生実験動物でしょ？」

「火あぶりにしても死なないからね」

「動物実験、反対！」

馬車道は拳を突き上げて笑う。

ハスミンも彼女の動きを真似た。

「魔女って響きは悪くないね！　ハスミン、あんたも一流の魔女だよ。もちろんいい文脈で」

「うん。ぼくはずっとそうなりたかった。だから、ぜんぜん平気なんだよ」

「使い魔もいるし……」

馬車道はハスミンの背中にいるサバービアの背中からしっぽまでに指を這わせる。

サバービアは目を閉じて眠っている。馬車道はこんな目に遭わず、どこかの川で大きく、強靭かつ強欲に、それでいてかわいらしく成長しているワニのことを考えた。数多くの人間の腕や脚を引きちぎり、ボートや車を破壊し、恐れられながら一世紀以上生きて、死ぬ。

だったはずなのに。

豪戸町にもそれなりに金持ちは住んでいたようだ。それなりに質の良い日用品や衣服は取り放題だった。馬車道は十年働いてもとうてい手に入らないファッションに身を包む。たいていの品物はこの町にやってきていた連中によって持ち去られていたが、取りこぼしも結構ある。パーティーの後片付けをしたおかげで、いいものをたくさん手に入れられた。

「あとなんか欲しいものある？　好きなの持っていきなよ。現金とかでもいいよ。いくらでもあるから」

「自転車。昔、よく通ってた自転車屋があって。そこに行ってみる」

「そんなんでいいの？」

それさえあれば、なにもいらない！

「それじゃあね。シーユーレーター、アリゲーター」

ハスミンは抱き抱えたサバービアの前脚を摑んで、ぶらぶらと振り回す。

「はぁ～⁉」

（最終章）ペイルランナー

新たに入手した自転車を駐輪場に停めて、店の中に入る。家賃を一年以上滞納してしまったので、元のアパートからはとっくに追い出されてしまった。新居を探すのにはとても苦労して、結局、都市部に住み続けることはままならなかった。都心にほど近い郊外の、駅からかなり遠い最悪のアパートをかろうじて見つけた。

なんか、元の木阿弥って感じがする。自転車を二時間ほど走らせて、都市部の大型書店にやってきた。

金城和のデビュー作『ペイルランナー』はもうすでに単行本になっている。そればかりか、発売中の文芸誌に早くも二作目の長編を発表している！

平積みされたそれをすかさず手に取る。掲載誌は新人賞を受賞したときのものとは別だった。ジャンル系じゃなくて、純文学の雑誌だ。自身の経験に基づく、半自伝的なオートフィクションであるらしい。警察官を志して実家を出て行った娘との確執が大きな主題となっていることが、あらすじから窺える。

正直、金城和にはホラーを書き続けてほしかったが……。きっと、またすぐに戻ってくるだろう。この国で高齢の女性として生き続けている限り、恐怖の題材は尽きないだろうから。

読み返した『ペイルランナー』はやはり最高の小説だったし、新作の私小説も素晴らしい出来だった。二本の小説を読み終え、馬車道はベッドにうずくまって眠る。

厳密にいえば、目を閉じて六時間ほどじっとした。馬車道の身体は睡眠を必要としなくなり、そのための機能を失っている。それでも彼女は人間のフリを続けることにした。くだらないデリバリーの仕事はまだ続けているし、割高で粗悪なファストフードばっかり食べるし、一日二箱はタバコを吸う。あいにく『プラシーボ』は製造終了となってしまった。

明日から仕事のペースを上げないと、そろそろ生活費を賄うことが難しくなってくるだろう。

少しでもマトモな候補者を当選させるために選挙に行くし、テンションを上げるために壊れてないけど古いスニーカーを捨て、新しいのを買う。せっかく買ったけどマズい飯はちょっとだけ食べてあとは残して捨てる。好きなゲームの二次創作小説を英語のファンフィクサイトで検索して、大ざっぱな機械翻訳で読む。嫌いな映画の否定的なレビューを探して溜飲を下げる。自分といっさい関係ない著名人のゴシップをネットで漁る。

そういうものだ！

二冊目の小説が単行本になるころ、金城和は死んだ。若くして……ってわけじゃない。彼女の年齢は九十に近かったから、自然なことだ。金城の作家としての人生は短かったかもしれないが、彼女が世に送り出した二冊の小説は、間違いなく歴史に名を刻むことになる。

金城和は独居していた。友人が訪問したとき、事切れているのが発見されたらしい。開いたノートパソコンのキーボードに指を這わせながら、頭を机に垂れていた。ワードのソフトが起動されたままで、彼女は死ぬ一秒前まで小説を書いていた。

馬車道は部屋に横たわり、金城の訃報を伝えるニュース記事をスマホで読む。タバコの煙を吐き出しながらスクロールを終え、深くあくびをする。馬車道にとっては必要のない動作だが、あえてやっている。

部屋のインターホンが押されて、馬車道は腰を上げる。今は深夜二時を回っている。

普通ならあまりに不自然な訪問だ。馬車道はゆっくりと立ち上がりながら、玄関まで向かう。ドアの覗き穴から訪問者の姿を窺った。

しばらくドアの前に立って、思案に暮れる。

意を決して、扉の鍵を開けた。

本作品に登場する人物・団体・地名等は、実在する人物・団体・地名等とは一切関係ありません。

初　出
『Quick Japan』（2023.2 ～ 2023.6）
『OHTABOOKSTAND』（2023.6 ～ 2023.9）
単行本化に当たり、全編を加筆改稿しています

波木 銅（なみき・どう）
一九九九年生まれ。茨城県出身。
大学在学中の二〇二一年、茨城県に暮らす三人の女子高校生の大麻栽培を描いた小説『万事快調〈オール・グリーンズ〉』（文藝春秋）で第二十八回松本清張賞を受賞しデビュー。

ニュー・サバービア

二〇二四年一月二十八日　第一版第一刷発行

著者　波木銅
発行人　森山裕之
発行所　株式会社太田出版
〒一六〇-八五七一
東京都新宿区愛住町二二第三山田ビル四階
電話＝〇三-三三五九-六二六二
ホームページ＝http://www.ohtabooks.com
振替口座＝〇〇一二〇-六-一六二一六六（株）太田出版

装丁　森敬太（合同会社 飛ぶ教室）
装画　高木真希人
組版　飯村大樹
編集　山本大樹
印刷・製本　株式会社シナノ

ISBN978-4-7783-1906-9 C0093